AtV

OSCAR WILDE, eigentlich Oscar Fingal O'Flahertie Wills, wurde 1854 in Dublin geboren. Er entstammte einer wohlhabenden, recht exzentrischen Arztfamilie und studierte in Dublin und Oxford, wo er sich der ästhetischen Bewegung um John Ruskin und William Morris anschloß. Bald wurde er zu einer stadtbekannten Londoner Erscheinung, denn in Wort, Schrift, Kleidung und Lebensweise gab er sich als Dandy, als Gegenbild des bürgerlichen Konformismus. 1884 heiratete er die Tochter eines berühmten Londoner Anwalts, 1885 und 1886 wurden seine beiden Söhne geboren. Wegen Homosexualität angeklagt, wurde er 1895 zu zwei Jahren Zuchthaus verurteilt. Danach ging er, ein gebrochener Mann, nach Paris ins Exil, wo er 1900 verstarb.

Oscar Wilde galt als der beste Redner seiner Zeit, er war ein Genie des Bonmots, des spontanen, überraschenden Witzes, der eleganten Formulierung. Er war der führende Vertreter der Fin-de-siècle-Literatur in England. Sein Roman »Das Bildnis des Dorian Gray« (1891), seine Erzählungen, Kunstmärchen, Essays und nicht zuletzt seine Salonkomödien erfreuen sich vor allem wegen ihres funkelnden Sprachschliffs bis heute größter Beliebtheit.

Jack und Algernon, zwei englische Gentlemen aus besten Kreisen und mit den vorgeblich besten Manieren, haben jeder ein kleines Geheimnis, das ihnen immer ein bequemes Alibi für all ihre Extratouren liefert. Und sie haben auch den gleichen entscheidenden Fehler in den Augen ihrer Angebeteten: Sie heißen beide nicht Ernst. Aber Ernst sein ist alles, wenn sie Gwendolen und Cecily wirklich heiraten wollen.

Oscar Wilde

Ernst sein ist alles

Eine heitere Komödie für ernsthafte Leute

Aus dem Englischen
von Ulrike Seeberger

Aufbau Taschenbuch Verlag

Titel der Originalausgabe
The Importance of Being Earnest

ISBN 3-7466-1887-8

1. Auflage 2002

Druck Elsnerdruck GmbH, Berlin
Printed in Germany

www.aufbau-taschenbuch.de

Für
Robert Baldwin Ross
mit Wertschätzung
und Zuneigung

Personen der Handlung

JOHN WORTHING, *Friedensrichter*
ALGERNON MONCRIEFF
PFARRER CHASUBLE, *Doktor der Theologie*
MERRIMAN, *Butler*
LANE, *Diener*
LADY BRACKNELL
GWENDOLEN FAIRFAX
CECILY CARDEW
MISS PRISM, *Gouvernante*

Premiere am 14. Februar 1895
im St James's Theatre, London

Die Schauplätze der Handlung

1. Akt:
Algernon Moncrieffs Wohnung in der Half-Moon Street
in West-London

2. Akt:
Der Garten im Herrenhaus in Woolton

3. Akt:
Der Salon im Herrenhaus in Woolton

Die Zeit: Gegenwart

ERSTER AKT

Salon in Algernons Wohnung in der Half-Moon Street. Das Zimmer ist luxuriös und künstlerisch geschmackvoll eingerichtet. Aus dem Nebenzimmer hört man Klavierspiel. Lane deckt den Tisch für den Nachmittagstee, und nachdem die Musik verstummt ist, tritt Algernon [aus dem Musikzimmer] ein.

ALGERNON: Haben Sie gehört, was ich gespielt habe, Lane?

LANE: Ich hielt es nicht für angebracht zu lauschen, Sir.

ALGERNON: Das tut mir leid, um Ihretwillen, Lane. Ich spiele nicht präzise – das kann schließlich jeder – ich spiele vielmehr mit exzellentem Ausdruck. Beim Klavierspiel ist Gefühl meine Stärke. Die Wissenschaft, die spare ich mir fürs Leben auf.

LANE: Sehr wohl, Sir.

ALGERNON: A propos Wissenschaft des Lebens, haben Sie die Gurkensandwiches für Lady Bracknell?

LANE: Jawohl, Sir. *Er reicht sie ihm auf einer Platte.*

ALGERNON *begutachtet sie, nimmt sich zwei und setzt sich auf das Sofa*: Oh! ... Übrigens, Lane, dem Haushaltsbuch entnehme ich, daß am Donnerstagabend, als Lord Shoreham und Mr. Worthing bei mir gespeist haben, acht Flaschen Champagner getrunken wurden?

LANE: Jawohl, Sir. Acht ganze und eine Dreiviertelflasche.

ALGERNON: Wie kommt es nur, daß in Junggesellenhaushalten stets die Dienerschaft den Champagner trinkt? Wohlgemerkt, ich frage das rein interessehalber.

LANE: Ich schreibe es der durchweg besseren Qualität des Champagners zu, Sir. Ich habe schon oft beobachten dürfen, daß der Schaumwein im Haushalt von Eheleuten kaum je von erster Güte ist.

ALGERNON: Großer Gott! So verheerend wirkt sich der Ehestand auf die Moral aus?

LANE: Ich glaube, es ist allgemein gesehen ein sehr angenehmer Zustand, Sir. Bisher konnte ich allerdings diesbezüglich nur wenig Erfahrungen sammeln. Ich selbst war erst einmal verheiratet. Das war die Folge eines unglückseligen Mißverständnisses zwischen mir und einer jungen Person.

ALGERNON *matt*: Ich bin mir nicht sicher, ob mich Ihr Familienleben sehr interessiert, Lane.

LANE: Nein, Sir. Es ist in der Tat kein fesselndes Thema. Ich beschäftige mich auch nie damit.

ALGERNON: Das ist wohl nur natürlich. Das war alles, Lane, danke.

LANE: Ich danke, Sir.

Lane verläßt das Zimmer.

ALGERNON: Lanes Ansichten zum Ehestand scheinen mir doch recht lasch. Wirklich, wenn die unteren Schichten uns nicht mit gutem Beispiel vorangehen, wozu um alles in der Welt sind sie dann nütze? Diese Klasse besitzt anscheinend nicht das geringste moralische Verantwortungsbewußtsein.

Lane kommt ins Zimmer.

LANE: Mr. Ernst Worthing.

Jack tritt ein. Lane verläßt das Zimmer.

ALGERNON: Wie geht es dir, mein lieber Ernst? Was führt dich in die Stadt?

JACK: Oh, nur das Vergnügen, nichts als das Vergnügen! Was sonst sollte einen je hierher oder sonstwohin führen? Ich sehe, du futterst wie immer, Algy!

ALGERNON *steif*: Ich denke, in der feinen Gesellschaft ist es durchaus üblich, gegen fünf Uhr eine kleine Stärkung zu sich zu nehmen. Wo hast du dich seit letztem Donnerstag herumgetrieben?

JACK *läßt sich auf dem Sofa nieder*: Auf dem Land.

ALGERNON: Was um alles in der Welt machst du da?

JACK *zieht die Handschuhe aus*: In der Stadt ist man zu seinem Vergnügen. Auf dem Land ist man zum Vergnügen der anderen. Es ist wirklich überaus langweilig.

ALGERNON: Und wer sind die Leute, denen du soviel Vergnügen bescherst?

JACK *leichthin*: Ach, Nachbarn, bloß Nachbarn.

ALGERNON: Hast du nette Nachbarn in deiner Gegend in Shropshire?

JACK: Grauenhaft! Wechsle mit keinem von ihnen je ein Wort.

ALGERNON: Dann mußt du ihnen ja ungeheuer viel Vergnügen bereiten! *Geht zum Teetisch und nimmt sich ein Sandwich.* Ach übrigens – Shropshire, das ist doch deine Grafschaft, nicht wahr?

JACK: Wie bitte? Shropshire? Ja, natürlich. Oh! Wozu all diese Tassen? Warum Gurkensandwiches? Was soll diese überschäumende Extravaganz bei einem so jungen Menschen? Wer kommt denn zum Tee?

ALGERNON: Ach, nur Tante Augusta und Gwendolen.

JACK: Wie überaus wunderbar!

ALGERNON: Das magst ja du denken. Ich bin mir nicht sicher, ob auch Tante Augusta so sehr davon begeistert ist, daß du hier bist.

JACK: Darf man erfahren, warum?

ALGERNON: Mein lieber Freund, deine Flirts mit Gwendolen sind völlig schamlos. Beinahe so schamlos wie Gwendolens Flirts mit dir.

JACK: Ich bin in Gwendolen verliebt. Ich bin mit dem festen Vorsatz in die Stadt gekommen, ihr einen Heiratsantrag zu machen.

ALGERNON: Und ich dachte, du seist zum Vergnügen hier? ... Das würde ich nun doch als geschäftliche Angelegenheit betrachten.

JACK: Wie über alle Maßen unromantisch du doch bist!

ALGERNON: An einem Heiratsantrag kann ich absolut nichts Romantisches finden. Verliebt sein, das ist sehr romantisch. Aber ein ernsthafter Antrag, der hat überhaupt nichts Romantisches. Er könnte schließlich angenommen werden. Das wird er ja gewöhnlich auch, glaube ich. Und dann ist die ganze Erregung und Spannung futsch. Ungewißheit ist das A und O der Romantik. Wenn ich je heirate, werde ich mich jedenfalls nach Leibeskräften bemühen, diese Tatsache zu vergessen.

JACK: Das bezweifle ich keine Sekunde, lieber Algy. Scheidungsgerichte wurden eigens für Menschen eingerichtet, deren Gedächtnis so seltsam beschaffen ist wie das deine.

ALGERNON: Oh, Spekulationen über dieses Thema sind völlig sinnlos. Scheidungen werden im Himmel beschlossen. *Jack streckt die Hand nach einem Sandwich aus. Algernon fährt sofort dazwischen.* Bitte nicht die Gurkensandwiches. Die habe ich speziell für Tante Augusta bestellt. *Nimmt sich eines und ißt es auf.*

JACK: Du ißt sie aber schon die ganze Zeit.

ALGERNON: Das steht auf einem anderen Blatt. Schließlich ist sie meine Tante. *Er nimmt einen Teller von weiter unten.* Hier, nimm dir Brot mit Butter. Das ist nämlich für Gwendolen. Gwendolen liebt Brot mit Butter über alles.

JACK *geht zum Tisch vor und bedient sich*: Wirklich, ausgezeichnetes Brot mit Butter.

ALGERNON: Nun, mein lieber Freund, du brauchst nicht zu schlingen, als wollest du sie alle verputzen. Man könnte meinen, du wärst bereits mit ihr verheiratet. Das bist du aber noch nicht, und ich glaube auch nicht, daß du es je sein wirst.

JACK: Warum um alles in der Welt sagst du so etwas?

ALGERNON: Nun, erstens heiraten junge Frauen nie die Männer, mit denen sie flirten. Das gehört bei ihnen nicht zum guten Ton.

JACK: Oh, dummes Zeug!

ALGERNON: Nein, ist es nicht! Es ist eine große ewige Wahrheit. Und es erklärt die außergewöhnlich hohe Zahl von Junggesellen, die man allenthalben sieht. Und zweitens gebe ich Euch meine Zustimmung nicht.

JACK: Deine Zustimmung!

ALGERNON: Lieber Freund, Gwendolen ist meine Cousine. Und ehe ich dir erlaube, sie zu heiraten, mußt du erst die Sache mit Cecily aufklären. *Er läutet.*

JACK: Cecily! Was um alles in der Welt meinst du damit? Was, lieber Algy, meinst du mit Cecily? Ich kenne niemanden namens Cecily.

Lane tritt ein.

ALGERNON: Bringen Sie mir bitte das Zigarettenetui, das Mr. Worthing im Rauchsalon vergessen hat, als er das letzte Mal hier diniert hat.

LANE: Sehr wohl, Sir.

Lane verläßt den Raum.

JACK: Soll das heißen, du hast die ganze Zeit mein Zigarettenetui hier gehabt? Ich wünschte wirklich, du hättest mir etwas gesagt. Ich habe schon verzweifelte Briefe an Scotland Yard geschrieben. Beinahe hätte ich eine große Belohnung ausgesetzt.

ALGERNON: Ich wünschte, du würdest eine aussetzen. Wie es der Zufall so will, bin ich im Augenblick ziemlich klamm.

JACK: Jetzt nutzt es nichts mehr. Das Ding ist ja gefunden.

Lane betritt mit dem Zigarettenetui auf einem Tablett das Zimmer. Algernon greift sofort danach. Lane verläßt den Raum.

ALGERNON: Ich finde das ziemlich knauserig von dir, Ernst, das muß ich schon sagen. *Er öffnet das Etui und untersucht es.* Aber das ist ja jetzt auch nicht mehr von Bedeutung, denn wo ich mir die Inschrift im Etui näher ansehe, muß ich feststellen, daß es doch nicht deines ist.

JACK: Natürlich ist es meines. *Er geht zu ihm hinüber.* Du hast mich Hunderte von Malen damit gesehen, und außerdem hast du nicht das geringste Recht, die Inschrift innen zu lesen. Ein Gentleman liest keine privaten Zigarettenetuis.

ALGERNON: Oh, das ist doch absurd, bindende Regeln darüber aufzustellen, was man lesen sollte und was nicht! Die moderne Kultur beruht überwiegend auf den Dingen, die ein Gentleman nicht lesen sollte.

JACK: Das ist mir bewußt, und ich möchte jetzt hier keine Diskussion über moderne Kultur entfachen. Über solche Dinge sollte man sich privat wirklich nicht unterhalten. Ich möchte schlicht und einfach mein Zigarettenetui zurückhaben.

ALGERNON: Ja, aber es ist ja nicht dein Zigarettenetui. Dieses Etui ist ein Geschenk von jemandem namens Cecily. Du hast aber gerade gesagt, daß du niemanden kennst, der so heißt.

JACK: Nun, wenn du es unbedingt wissen willst, Cecily ist zufällig meine Tante.

ALGERNON: Deine Tante!

JACK: Ja, eine bezaubernde alte Dame. Lebt in Tunbridge Wells. Gib es mir zurück, Algy.

ALGERNON *zieht sich hinter das Sofa zurück*: Aber warum nennt sie sich dann »kleine Cecily«, wenn sie deine Tante ist und in Tunbridge Wells lebt? *Er liest:* »Von der kleinen Cecily in herzlicher Zuneigung.«

JACK *geht zum Sofa und kniet sich darauf*: Mein lieber Freund, was um alles in der Welt gibt es daran auszusetzen? Manche Tanten sind groß, andere eher nicht. Das wird doch eine Tante noch allein entscheiden dürfen. Du scheinst zu denken, daß alle Tanten so wie deine sein müssen! Das ist absurd! Gib mir um Himmels willen jetzt mein Zigarettenetui zurück! *Er verfolgt Algernon durch das Zimmer.*

ALGERNON: Ja, aber warum nennt deine Tante dich dann ihren Onkel? »Von der kleinen Cecily in herzlicher Zuneigung ihrem lieben Onkel Jack«. Ich muß zugeben, man kann keinerlei Einwände dagegen vorbringen, daß eine Tante eine kleine Tante ist. Aber warum eine Tante, welcher Größe auch immer, ihren eigenen Neffen Onkel nennen sollte, das kann ich nun wirklich nicht begreifen. Außerdem heißt du nicht Jack, sondern Ernst.

JACK: Nein, nicht Ernst, sondern Jack.

ALGERNON: Du hast mir immer gesagt, daß du Ernst heißt. Ich habe dich allen und jedem als Ernst vorgestellt. Du hörst auf den Namen Ernst. Du siehst aus, als wäre dein Name Ernst. Du bist die ernstest aussehende Person, die ich je kennengelernt habe. Es ist vollkommen absurd, nun zu behaupten, du hießest nicht Ernst. Es steht auf deinen Visitenkarten. Hier ist eine. *Nimmt eine aus einem Etui.* »Mr. Ernst Worthing, B4, The Albany«. Ich werde sie behalten, als Beweisstück dafür, daß dein Name Ernst ist, solltest du es je wieder vor mir oder vor Gwendolen oder sonstwem leugnen. *Er steckt die Visitenkarte in die Tasche.*

JACK: Mein Name ist in der Stadt Ernst und auf dem Land Jack. Und das Zigarettenetui habe ich auf dem Land geschenkt bekommen.

ALGERNON: Ja, aber das erklärt noch nicht, warum deine kleine Tante Cecily, die in Tunbridge Wells lebt, dich ihren lieben Onkel nennt. Komm schon, alter Junge, spuck's aus!

JACK: Mein lieber Algy, du redest schon wie mein Zahnarzt. Es ist wirklich absolut vulgär, solche Zahnarzttöne anzuschlagen, wenn man keiner ist. Es vermittelt einen völlig falschen Eindruck.

ALGERNON: Nun, genau das machen Zahnärzte doch immer. Also, los jetzt! Erzähl mir alles. Darf ich noch erwähnen, daß ich schon lange den Verdacht hege, daß du ein eingefleischter und geheimer Jünger Bunburys bist. Inzwischen bin ich mir völlig sicher.

JACK: Ein Jünger Bunburys? Was um alles in der Welt soll das denn heißen?

ALGERNON: Ich erkläre dir die Bedeutung dieses unvergleichlichen Ausdrucks, sobald du so liebenswürdig warst, mir zu sagen, warum du in der Stadt Ernst und auf dem Land Jack heißt.

JACK: Erst das Zigarettenetui.

ALGERNON: Da hast du es. *Er reicht ihm das Etui.* Jetzt deine Erklärung, bitte, und tu mir den Gefallen, sie so unglaubwürdig wie möglich ausfallen zu lassen. *Er setzt sich auf das Sofa.*

JACK: Lieber Freund, an meiner Erklärung ist überhaupt nichts Unglaubwürdiges. Im Gegenteil, sie ist völlig vernünftig. Der alte Herr Thomas Cardew, der mich als kleinen Jungen adoptiert hat, setzte mich in seinem Testament als Vormund für seine Enkelin Miss Cecily Cardew ein. Cecily, die mich aus Respekt, einem Gefühl, das dir wahrscheinlich völlig fremd ist, als Onkel anspricht, lebt in meinem Landhaus und ist dort der Obhut ihrer bewunderungswürdigen Gouvernante Miss Prism anvertraut.

ALGERNON: Und wo befindet sich übrigens dieser Landsitz?

JACK: Das geht dich gar nichts an, mein Lieber. Du wirst niemals dorthin eingeladen werden ... Der Ehrlichkeit halber will ich dir aber sagen, daß der Ort nicht in Shropshire liegt.

ALGERNON: Das, lieber Freund, hatte ich bereits vermutet. Shropshire habe ich nämlich als Jünger Bunburys schon zu zwei verschiedenen Anlässen beinahe erschöpfend bereist. Also nun, sprich weiter. Warum bist du in der Stadt Ernst und auf dem Land Jack?

JACK: Mein lieber Algy, ich weiß nicht, ob es dir gelingen wird, meine wahren Motive zu verstehen. Dazu bist du kaum ernsthaft genug. Wenn man nämlich die Rolle eines Vormundes übernimmt, ist man angehalten, sich in allen Belangen außerordentlich hoher moralischer Maßstäbe zu befleißigen. Es ist eine heilige Pflicht. Da man nun aber kaum behaupten kann, daß hohe moralische Maßstäbe sich sehr günstig auf Gesundheit oder Gemütsverfassung auswirken, habe ich, um in die Stadt zu kommen, stets vorgegeben, einen jüngeren Bruder namens Ernst zu besitzen, der im »Albany« lebt und ständig in die schrecklichsten Bredouillen gerät. Das, mein lieber Algy, ist die ganze Wahrheit, die reine, schlichte Wahrheit.

ALGERNON: Die Wahrheit ist selten rein und niemals schlicht. Das moderne Leben wäre schrecklich langweilig, wenn es sich so verhielte. Und die moderne Literatur wäre gänzlich undenkbar.

JACK: Das wäre ja an und für sich nichts Schlechtes.

ALGERNON: Literaturkritik ist wirklich nicht deine Stärke, mein Lieber. Laß das lieber gleich bleiben. Diese Aufgabe solltest du Leuten überlassen, die nicht auf der Universität waren. In den Tageszeitungen bekommen sie es recht ordentlich hin. Du, mein lieber Freund, bist in Wirklichkeit ein Jünger Bunburys. Ich hatte völlig recht mit meiner Behauptung. Du bist sogar einer der fortgeschrittensten Jünger Bunburys, die ich kenne.

JACK: Was um alles in der Welt meinst du damit?

ALGERNON: Du hast einen überaus nützlichen jüngeren Bruder namens Ernst erfunden, um in die Stadt kommen zu können, wann und so oft du willst. Und ich habe mir einen ungeheuer wertvollen, ständig bettlägerigen Herrn namens Bunbury ausgedacht, damit ich aufs Land fahren kann, wann und so oft ich will. Bunbury ist unschätzbar. Wäre seine Gesundheit nicht so sehr angeschlagen, dann könnte ich zum Beispiel heute abend nicht mit dir bei Willis essen gehen, denn eigentlich habe ich Tante Augusta schon vor über einer Woche versprochen, bei ihr zu dinieren.

JACK: Ich habe dich nicht eingeladen, mit mir irgendwo zu Abend zu essen.

ALGERNON: Ich weiß. Es ist wirklich absurd, wie nachlässig du mit dem Verschicken deiner Einladungen bist. Das ist sehr dumm von dir. Nichts ärgert Leute mehr, als wenn sie keine Einladungen bekommen.

JACK: Du solltest besser bei deiner Tante Augusta essen.

ALGERNON: Ich habe nicht die geringste Absicht, dergleichen zu tun. Erstens habe ich schon am Montag bei ihr diniert, und mehr als einmal in der Woche sollte man nicht mit der Verwandtschaft speisen. Und zweitens behandelt sie mich immer, wenn ich dort esse, wie ein Familienmitglied, und ich muß entweder ganz ohne Tischdame auskommen oder mich gleich um zwei kümmern. Und drittens weiß ich ganz genau, neben wen sie mich heute abend setzen will. Neben Mary Farquhar, die immer quer über den Tisch mit ihrem eigenen Ehemann flirtet. Das ist wirklich nicht besonders angenehm. Eigentlich ist es nicht einmal anständig … Und derlei Benehmen nimmt in erschreckendem Maße zu. Ich finde es absolut skandalös, wie viele Frauen in London mit ihren eigenen Ehemännern flirten. Es macht einen so schlechten Eindruck. Ich finde es schrecklich, wie diese Leute in aller Öffentlichkeit ihre saubere Wäsche waschen. Außerdem, jetzt, da ich weiß, daß du ein eingefleischter Jünger Bunburys bist, brenne ich nur so darauf, mich mit dir über die Kunst des Bunburysierens zu unterhalten. Ich würde dir gern die Regeln erklären.

JACK: Ich bin mitnichten ein Jünger Bunburys. Sobald Gwendolen meinen Antrag annimmt, bringe ich meinen Bruder um. Wahrscheinlich bringe ich ihn so oder so um. Cecilys Interesse an ihm ist mir ein wenig zu lebhaft geworden. Das ist ziemlich lästig. Also werde ich mir Ernst vom Hals schaffen. Und ich rate dir dringend, das gleiche mit deinem Mr. ... Mit deinem bettlägerigen Freund mit dem absurden Namen zu tun.

ALGERNON: Nichts auf der Welt könnte mich dazu bewegen, mich von Bunbury zu trennen. Wenn du je heiratest, was mir im Augenblick übrigens ohnehin äußerst fragwürdig erscheint, dann wirst du noch froh sein, daß du Bunbury kennst. Ein Mann, der heiratet, ohne Bunbury zu kennen, hat ein sehr mühseliges Leben vor sich.

JACK: Purer Unsinn. Wenn ich ein bezauberndes Mädchen wie Gwendolen heirate, und sie ist das einzige von all den Mädchen, die ich gesehen habe, das ich heiraten würde, dann möchte ich ganz bestimmt keinen Bunbury kennen.

ALGERNON: Dann kennt deine Frau einen. Du scheinst dir nicht darüber im klaren zu sein, daß im Ehestand aller guten Dinge drei sind und zwei rein gar nichts.

JACK *belehrend*: Das, mein lieber junger Freund, ist eine Theorie, die uns verderbte französische Theaterstücke seit über fünfzig Jahren weismachen wollen.

ALGERNON: Ja, und die das traute englische Heim uns in der Hälfte der Zeit schlüssig bewiesen hat.

JACK: Um Himmels willen, versuche dich bloß nicht als Zyniker. Zynisch sein ist ein Kinderspiel.

ALGERNON: Mein lieber Freund, heute ist gar nichts mehr ein Kinderspiel. Es herrscht auf allen Gebieten eine solch mörderische Konkurrenz! *Man hört eine elektrische Klingel.* Ah, das muß Tante Augusta sein. Nur Verwandte oder Gläubiger klingeln auf diese Walkürenart. Nun, wenn ich Tante Augusta für zehn Minuten aus dem Weg schaffe und du Gelegenheit hast, Gwendolen deinen Antrag zu machen, kann ich dann heute mit dir bei Willis zu Abend essen?

JACK: Schön, wenn du unbedingt möchtest.

ALGERNON: Ja, aber du mußt die Sache ernst nehmen. Ich hasse Leute, die Mahlzeiten nicht ernst nehmen. Das läßt auf einen so oberflächlichen Charakter schließen.

Lane betritt das Zimmer.

LANE: Lady Bracknell und Miss Fairfax.

Algernon geht ihnen zur Begrüßung entgegen.
Lady Bracknell und Gwendolen betreten das Zimmer.

LADY BRACKNELL: Guten Tag, mein lieber Algernon. Ich hoffe, du benimmst dich gut.

ALGERNON: Es geht mir sehr gut, Tante Augusta.

LADY BRACKNELL: Das ist nicht ganz das gleiche. Eigentlich ist es kaum jemals miteinander vereinbar. *Sie sieht Jack und verbeugt sich mit eisiger Kühle in seine Richtung.*

ALGERNON *zu Gwendolen*: Meine Güte, du bist aber elegant.

GWENDOLEN: Ich bin immer elegant. Nicht wahr, Mr. Worthing?

JACK: Sie sind einfach vollkommen, Miss Fairfax.

GWENDOLEN: Das will ich doch nicht hoffen. Das würde ja gar keinen Raum für Entwicklungsmöglichkeiten mehr lassen, und ich habe vor, mich noch in vielerlei Hinsicht zu entwickeln. *Gwendolen und Jack setzen sich zusammen in eine Ecke.*

LADY BRACKNELL: Es tut mir leid, daß wir ein bißchen zu spät kommen, Algernon. Ich mußte unbedingt erst noch bei der lieben Lady Harbury vorbeischauen. Seit dem Tod ihres armen Gatten war ich nicht mehr bei ihr. Ich habe noch nie eine Frau gesehen, die sich so verändert hat. Sie sieht gute zwanzig Jahre jünger aus. Und jetzt hätte ich gern eine Tasse Tee und eines von den köstlichen Gurkensandwiches, die du mir versprochen hast.

ALGERNON: Aber gewiß, Tante Augusta. *Er geht zum Teetisch.*

LADY BRACKNELL: Möchtest du nicht herüberkommen und dich zu mir setzen, Gwendolen?

GWENDOLEN: Danke, Mama, ich sitze hier sehr gut.

ALGERNON *ergreift erschrocken den leeren Teller*: Grundgütiger Himmel, Lane! Warum haben wir denn keine

Gurkensandwiches? Ich hatte doch eigens welche bestellt!

LANE *mit feierlicher Miene*: Es gab heute morgen auf dem Markt keine Gurken, Sir. Ich bin eigens zweimal dort gewesen.

ALGERNON: Keine Gurken!

LANE: Nein, Sir. Nicht einmal für größere Summen Bargeld.

ALGERNON: Das ist alles, Lane, danke.

LANE: Ich danke, Sir.

Lane verläßt das Zimmer.

ALGERNON: Ich bin wirklich zutiefst betrübt, Tante Augusta, daß es keine Gurken gibt, nicht einmal für größere Summen Bargeld.

LADY BRACKNELL: Das ist vollkommen unwichtig, Algernon. Ich habe bei Lady Harbury schon Kuchen bekommen. Es scheint, daß sie inzwischen ihr Leben nur noch dem Vergnügen widmet.

ALGERNON: Ich habe gehört, daß sie vor Kummer ganz erblondet ist.

LADY BRACKNELL: Ja, sicherlich hat sie eine andere Haarfarbe, aus welchem Grund auch immer. *Algernon geht zu ihr und reicht ihr den Tee.* Danke. Ich habe heute Abend eine wunderbare Tischdame für dich, Algernon. Ich möchte dich neben Mary Farquhar setzen. So eine nette Frau, und sie schenkt ihrem Gatten immer ganz besonders viel Aufmerksamkeit. Es ist eine Freude, die beiden zusammen zu sehen.

ALGERNON: Leider werde ich das Vergnügen nicht haben, heute bei euch zu speisen, Tante Augusta.

LADY BRACKNELL *runzelt die Stirn*: Ich hoffe, das meinst du nicht ernst, Algernon. Es würde meine Tischordnung völlig über den Haufen werfen. Dein Onkel müßte wieder allein in seinem Zimmer oben speisen. Zum Glück ist er daran schon gewöhnt.

ALGERNON: Es ist wirklich sehr lästig und natürlich eine schreckliche Enttäuschung für mich, aber ich habe gerade ein Telegramm bekommen, und darin steht, daß mein alter Freund Bunbury wieder ernstlich erkrankt ist. *Er wirft Jack einen Blick zu.* Man scheint der Meinung zu sein, ich solle unverzüglich zu ihm fahren.

LADY BRACKNELL: Sehr seltsam. Dieser Mr. Bunbury scheint eine ungewöhnlich kränkliche Natur zu sein.

ALGERNON: Ja, der arme alte Bunbury, wirklich ein beklagenswerter Mensch.

LADY BRACKNELL: Nun, ich muß schon sagen, Algernon, ich denke, es wäre an der Zeit, daß sich Mr. Bunbury entscheidet, ob er leben oder sterben will. Dieses Hin und Her ist völlig absurd. Außerdem halte ich nicht das Geringste von diesem modernen Mitleidsgetue mit Kranken und bettlägerigen Personen. Ich finde es makaber. Krankheit jedweder Art sollte man wohl kaum noch ermutigen. Gesundheit ist eine der erhabensten Pflichten im Leben. Das sage ich deinem armen Onkel auch immer wieder, aber er scheint mir da wenig Aufmerksamkeit zu schenken ... Zumindest was die Besserung seiner Gebrechen betrifft. Ich wäre dir wirklich außerordentlich dankbar, wenn du Mr. Bunbury in meinem Namen bitten könntest, so freundlich zu sein und am Samstag keinen Rückfall zu bekommen, denn da mußt du dich um mein Musikprogramm kümmern. Es ist mein letzter Empfang, und da braucht man etwas, um die Konversation in Gang zu bringen, ganz besonders jetzt gegen Ende der Saison, wo alle praktisch schon alles gesagt haben, was sie zu sagen hatten. Und in den meisten Fällen war das ohnehin nicht sonderlich viel.

ALGERNON: Ich werde mit Bunbury reden, Tante Augusta, falls er noch bei Bewußtsein ist. Ich denke, ich kann dir versprechen, daß es ihm am Samstag wieder gut geht. Die Sache mit der Musik ist natürlich sehr verzwickt. Weißt du, wenn man gute Musik spielt, dann hören die Leute nicht zu, und wenn man schlechte Musik spielt, dann reden sie nicht. Ich würde gern mit dir das Programm durchsprechen, das ich zusammengestellt habe. Wenn du so freundlich wärst, einen Augenblick mit mir nach nebenan zu gehen?

LADY BRACKNELL: Danke, Algernon, das ist sehr zuvorkommend von dir. *Sie steht auf und folgt Algernon.* Ich bin sicher, das Programm wird zauberhaft, wenn ich erst einige anstößige Nummern gestrichen habe. Französische Lieder kann ich unmöglich zulassen. Die Leute denken immer, daß sie irgendwie frivol sind, und schauen entweder schockiert, was vulgär ist, oder sie lachen, was noch schlimmer ist. Aber Deutsch, das klingt mir nach einer durch und durch ehrenwerten Sprache, und ich nehme an, das ist es wohl auch. Gwendolen, du begleitest mich.

Gwendolen: Jawohl, Mama.

Lady Bracknell und Algernon gehen ins Musikzimmer. Gwendolen bleibt zurück.

JACK: Was für ein zauberhafter Tag heute ist, Miss Fairfax.

GWENDOLEN: Bitte sprechen Sie nicht vom Wetter, Mr. Worthing. Wenn Leute vom Wetter reden, dann habe ich immer das ziemlich sichere Gefühl, daß sie eigentlich ganz etwas anderes meinen. Das macht mich so nervös.

JACK: Ich meine wirklich etwas ganz anderes.

GWENDOLEN: Das dachte ich mir. Ich irre mich eigentlich nie.

JACK: Ich möchte um die Erlaubnis bitten, die zeitweilige Abwesenheit von Lady Bracknell dazu zu nutzen ...

GWENDOLEN: Das möchte ich Ihnen dringend raten. Mama hat so eine Art, plötzlich in ein Zimmer zurückzustürmen, wegen der ich sie schon manches Mal tadeln mußte.

JACK *nervös*: Miss Fairfax, seit ich Sie kennengelernt habe, bewundere ich Sie mehr als jede andere junge Frau ... die ich kennengelernt habe, seit ... ich Sie kennengelernt habe.

GWENDOLEN: Ja, das ist mir bewußt. Und ich habe mir oft gewünscht, Sie hätten es zumindest in der Öffentlichkeit etwas deutlicher gezeigt. Auf mich haben Sie immer eine unwiderstehliche Anziehungskraft ausgeübt. Bereits ehe ich Sie kennenlernte, waren Sie mir alles andere als gleichgültig. *Jack schaut sie erstaunt an.* Wir leben heute, wie Sie hoffentlich wissen, Mr. Worthing, in einem Zeitalter der Ideale. Das wird ständig in den exklusiveren Monatszeitschriften erwähnt und ist, wie man mir berichtet, inzwischen auch schon bis auf die Kanzeln der Provinz vorgedrungen. Mein Ideal war nun immer schon, einmal jemanden zu lieben, der Ernst heißt. Der Name hat etwas an sich, das absolutes Vertrauen einflößt. In dem Augenblick, als Algernon mir gegenüber zum erstenmal erwähnte, daß er einen Freund namens Ernst hätte, wußte ich, daß es mir vom Schicksal bestimmt war, Sie zu lieben.

JACK: Sie lieben mich wirklich, Gwendolen?

GWENDOLEN: Leidenschaftlich!

JACK: Liebste! Du weißt gar nicht, wie glücklich du mich machst.

GWENDOLEN: Mein Ernst!

JACK: Aber du meinst es doch nicht ernst, daß du mich nicht lieben könntest, wenn ich nicht Ernst hieße?

GWENDOLEN: Aber du heißt doch Ernst.

JACK: Ja, ich weiß. Aber angenommen, ich hieße anders? Willst du etwa behaupten, du könntest mich dann nicht lieben?

GWENDOLEN *leichthin*: Ah, das ist eindeutig metaphysische Spekulation und hat als solche nur sehr wenig Bezug zum wirklichen Leben, wie wir es kennen.

JACK: Mir persönlich, Liebste, liegt, wenn ich ganz ehrlich sein darf, nicht sonderlich viel an dem Namen Ernst – ich finde, er paßt überhaupt nicht zu mir.

GWENDOLEN: Er paßt hervorragend zu dir. Es ist ein göttlicher Name. Er hat eine ganz eigene Melodie. Er schwingt.

JACK: Also wirklich, Gwendolen, ich muß schon sagen, ich finde, es gibt viele erheblich schönere Namen. Jack zum Beispiel halte ich für einen zauberhaften Namen.

GWENDOLEN: Jack? ... Nein, der Name Jack hat beinahe gar keine Melodie, wenn überhaupt. Er besitzt nicht den geringsten Reiz. Schwingt kein bißchen ... Ich kannte einige Jacks, und alle ohne Ausnahme waren überdurchschnittlich langweilig. Außerdem ist Jack nur die zahme, ordinäre Variante von John. Und mir tut jede Frau aus tiefster Seele leid, die mit einem Mann namens John verheiratet ist. Sie hätte wahrscheinlich niemals je das bestrickende Vergnügen, einen einzigen winzigen Augenblick der Einsamkeit zu erleben. Nein, der einzig wahre Name ist Ernst.

JACK: Gwendolen, ich muß mich sofort umtaufen lassen – ich meine, wir müssen sofort heiraten. Es ist keine Zeit zu verlieren.

GWENDOLEN: Heiraten, Mr. Worthing?

JACK *verblüfft*: Nun ja ... sicher doch. Sie wissen, daß ich Sie liebe, und Sie, Miss Fairfax, haben mir zu verstehen gegeben, daß auch Sie mir nicht völlig gleichgültig gegenüberstehen.

GWENDOLEN: Ich bete dich an. Aber du hast mir noch keinen Heiratsantrag gemacht. Es ist noch kein Wort über eine Heirat gefallen. Das Thema wurde noch nicht berührt.

JACK: Nun ... darf ich dir jetzt meinen Antrag machen?

GWENDOLEN: Ich denke, die Gelegenheit wäre außerordentlich günstig. Und um Ihnen eine mögliche Enttäuschung zu ersparen, Mr. Worthing, denke ich, es wäre nur angemessen, Ihnen ganz offen und ehrlich mitzuteilen, daß ich von ganzem Herzen entschlossen bin, Ihren Antrag anzunehmen.

JACK: Gwendolen!

GWENDOLEN: Ja, Mr. Worthing, was haben Sie mir zu sagen?

JACK: Du weißt sehr wohl, was ich dir zu sagen habe.

GWENDOLEN: Ja, aber du sagst es nicht.

JACK: Gwendolen, willst du mich heiraten? *Er fällt auf die Knie.*

GWENDOLEN: Natürlich will ich das, Liebster. Wie ewig lange du dazu gebraucht hast! Ich denke, du hattest einfach sehr wenig Erfahrung mit Heiratsanträgen.

JACK: Mein Schatz, außer dir habe ich niemanden auf der Welt je geliebt.

GWENDOLEN: Ja, aber Männer machen doch Heiratsanträge oft nur der Übung halber. Mein Bruder Gerald zum Beispiel, das weiß ich. Alle meine Freundinnen berichten mir davon. Was für wunderbare blaue Augen du hast, Ernst! Sie sind so tief, tief blau. Ich hoffe, du siehst mich immer genau so an wie jetzt, besonders wenn andere Leute dabei sind.

Lady Bracknell betritt das Zimmer.

LADY BRACKNELL: Mr. Worthing! Hätten Sie die Güte, sich aus dieser halbliegenden Position zu erheben, Sir. Das ist außerordentlich unzüchtig.

GWENDOLEN: Mama! *Er versucht aufzustehen, aber sie hält ihn zurück.* Ich muß dich bitten, das Zimmer zu verlassen. Du hast hier nichts verloren. Außerdem ist Mr. Worthing noch nicht ganz fertig.

LADY BRACKNELL: Fertig womit, wenn ich fragen darf?

GWENDOLEN: Ich bin mit Mr. Worthing verlobt, Mama. *Sie stehen zusammen auf.*

LADY BRACKNELL: Mit Verlaub, du bist mit niemandem verlobt. Wenn du dich mit jemandem verlobst, dann werde ich – oder dein Vater, wenn es ihm seine Gesundheit erlaubt – dich von dieser Tatsache in Kenntnis setzen. Eine Verlobung sollte für eine junge Dame stets eine Überraschung sein, angenehm oder unangenehm, je nachdem. Es ist wohl kaum eine Angelegenheit, die man sie selbst regeln lassen sollte ... Und jetzt habe ich einige Fragen an Sie zu stellen, Mr. Worthing. Während ich diese Erkundigungen einziehe, wirst du, Gwendolen, unten im Wagen auf mich warten.

GWENDOLEN *vorwurfsvoll*: Mama!

LADY BRACKNELL: Im Wagen, Gwendolen! *Gwendolen geht zur Tür. Sie und Jack werfen sich hinter Lady Bracknells Rücken schmatzend Handküsse zu. Lady Bracknell sieht sich verwirrt um, als verstünde sie das Geräusch nicht. Schließlich dreht sie sich um.* Gwendolen, im Wagen!

GWENDOLEN: Jawohl, Mama.

Sie geht aus dem Zimmer und schaut sich noch einmal nach Jack um.

LADY BRACKNELL *setzt sich hin*: Sie können sich setzen, Mr. Worthing.

Sie kramt in ihrer Tasche nach einem Notizbuch und einem Bleistift.

JACK: Vielen Dank, Lady Bracknell, aber ich bleibe lieber stehen.

LADY BRACKNELL *mit Bleistift und Notizbuch in der Hand*: Ich fühle mich verpflichtet, Ihnen mitzuteilen, daß Sie nicht auf meiner Liste wünschenswerter Heiratskandidaten stehen, obwohl ich die gleiche Liste habe wie die geschätzte Herzogin von Bolton. Wir arbeiten sogar zusammen. Ich wäre jedoch durchaus bereit, auch Ihren Namen aufzunehmen, vorausgesetzt, Ihre Antworten entsprechen dem, was eine wahrhaftig liebende Mutter zu hören wünscht. Rauchen Sie?

JACK: Nun ja, ich muß zugeben, ich rauche.

LADY BRACKNELL: Das hört man gern. Ein Mann sollte stets einer Beschäftigung nachgehen. In London treiben sich ohnehin schon viel zu viele Nichtstuer herum. Wie alt sind Sie?

JACK: Neunundzwanzig.

LADY BRACKNELL: Ein sehr gutes Heiratsalter. Ich vertrete schon seit jeher die Meinung, ein Mann, der sich zu verheiraten wünscht, solle entweder alles oder nichts wissen. Was wissen Sie?

JACK *nach einigem Zögern*: Ich weiß nichts, Lady Bracknell.

LADY BRACKNELL: Das freut mich. Ich sehe es gar nicht gern, wie man allenthalben an der natürlich angeborenen Unwissenheit herumpfuscht. Unwissenheit gleicht einer delikaten exotischen Frucht – kaum berührt man sie, ist der Schmelz schon verflogen. Die modernen Erziehungstheorien sind durch und durch unsolide. Zum Glück zeitigt die Bildung, zumindest was England betrifft, keinerlei spürbare Wirkung. Sonst wäre ja auch die Oberschicht ernsthaft gefährdet, und es würde am Ende gar zu Exzessen der Gewalt auf dem Grosvenor Square kommen. Ihr Einkommen?

JACK: Zwischen sieben- und achttausend im Jahr.

LADY BRACKNELL *macht sich eine Notiz in ihrem Buch*: Land oder Aktien?

JACK: Hauptsächlich Aktien.

LADY BRACKNELL: Das stimmt mich zufrieden. Wenn man bedenkt, was für Verpflichtungen einem Land zu Lebzeiten auferlegt und welche Abgaben dann noch nach dem Tod zu zahlen sind, dann ist Landbesitz heutzutage wirklich kaum mehr profitabel noch gar ein Vergnügen. Land verleiht einem eine gewisse gesellschaftliche Stellung und hindert einen dann daran, diese Position zu halten. Das wäre alles zu diesem Thema.

JACK: Ich habe natürlich ein Landhaus mit ein wenig Grundbesitz, etwa sechshundert Hektar, glaube ich. Aber ich bin finanziell nicht darauf angewiesen. Soweit ich es beurteilen kann, profitiert außer den Wilddieben überhaupt niemand davon.

LADY BRACKNELL: Ein Landhaus! Wie viele Zimmer? Nun ja, das können wir später noch klären. Ich hoffe doch, Sie haben auch ein Haus in der Stadt? Von einer jungen Frau wie Gwendolen mit ihrem schlichten, unverdorbenen Charakter kann man ja wohl kaum verlangen, daß sie auf dem Land lebt.

JACK: Nun ja, ich besitze ein Haus am Belgrave Square, aber das ist im Augenblick an Lady Bloxham vermietet. Ich kann es natürlich mit sechs Monaten Kündigungsfrist jederzeit wieder selbst übernehmen.

LADY BRACKNELL: Lady Bloxham? Die kenne ich nicht.

JACK: Oh, sie geht nur wenig in Gesellschaft. Sie ist eine Dame in recht fortgeschrittenem Alter.

LADY BRACKNELL: Das ist heutzutage wirklich keine Garantie für einen achtbaren Lebenswandel mehr. Welche Hausnummer am Belgrave Square?

JACK: Nummer 149.

LADY BRACKNELL *schüttelt den Kopf*: Ach, die Seite, die nicht so in Mode ist. Das habe ich mir doch gleich gedacht. Aber das läßt sich mit Leichtigkeit ändern.

JACK: Meinen Sie die Mode oder die Seite?

LADY BRACKNELL *ernst*: Beides, wenn nötig, nehme ich einmal an. Wo stehen Sie politisch?

JACK: Ich fürchte, eigentlich nirgends. Ich bin ein liberaler Unionist.

LADY BRACKNELL: Oh, die zählen wir zu den Tories. Sie speisen bei uns. Oder sie kommen später am Abend. Und jetzt zu weniger wichtigen Dingen. Leben Ihre Eltern noch?

JACK: Ich habe beide Eltern verloren.

LADY BRACKNELL: Beide? ... Ein Elternteil zu verlieren, das könnte man noch als Mißgeschick durchgehen lassen. Aber alle beide zu verlieren, das sieht doch schon sehr nach Unachtsamkeit aus. Wer war Ihr Vater? Er war ja offensichtlich ein Mann von einigem Vermögen. Ist er, wie es die radikalen Zeitungen ausdrücken würden, in wohlhabenden Handelskreisen geboren oder ist er aus den Reihen der Aristokratie aufgestiegen?

JACK: Das weiß ich leider wirklich nicht. Die Sache ist die, Lady Bracknell: Ich habe zwar gesagt, ich hätte meine Eltern verloren. Aber eigentlich käme es der Wahrheit näher, wenn ich sagte, daß meine Eltern anscheinend mich verloren haben. Ich weiß im Grunde gar nicht, wer ich von Geburt bin. Man hat mich ... Nun ja, man hat mich gefunden.

LADY BRACKNELL: Gefunden!

JACK: Der verstorbene Mr. Thomas Cardew, ein älterer Herr von außerordentlich mildtätigem und menschenfreundlichem Charakter, hat mich gefunden und mir den Namen Worthing gegeben, weil er zufällig damals eine Fahrkarte Erster Klasse nach Worthing in der Tasche trug. Worthing ist ein Ort in Sussex. Ein Badeort am Meer.

LADY BRACKNELL: Und wo hat dieser mildtätige Herr mit der Fahrkarte Erster Klasse in ein Seebad Sie gefunden?

JACK *gewichtig*: In einer Reisetasche.

LADY BRACKNELL: In einer Reisetasche?

JACK *sehr ernst*: Ja, Lady Bracknell. Ich befand mich in einer Reisetasche, einer ziemlich großen, ledernen schwarzen Reisetasche mit Griffen – einer ganz gewöhnlichen Reisetasche eigentlich.

LADY BRACKNELL: Und an welcher Örtlichkeit hat dieser Mr. James oder Thomas Cardew, wie der Zufall es so wollte, diese gewöhnliche Reisetasche gefunden?

JACK: In der Gepäckaufbewahrung von Victoria Station. Man gab sie ihm aus Versehen anstatt seiner eigenen.

LADY BRACKNELL: In der Gepäckaufbewahrung von Victoria Station?

JACK: Ja, am Bahnsteig in Richtung Brighton.

LADY BRACKNELL: Der Bahnsteig spielt keine Rolle. Mr. Worthing, ich muß gestehen, was Sie mir soeben eröffnet haben, hat mich ein wenig verstört. Wenn jemand in einer Reisetasche geboren oder doch zumindest aufgewachsen ist, ob sie nun Griffe hat oder nicht, dann läßt das meiner Meinung nach auf eine Mißachtung aller gängigen Anstandsregeln des Familienlebens schließen, die an die übelsten Auswüchse der französischen Revolution erinnert. Und ich nehme an, es ist Ihnen bekannt, wohin diese unglückselige Bewegung geführt hat? Was nun die genaue Örtlichkeit angeht, an der diese Reisetasche gefunden wurde, so mag die Gepäckaufbewahrung eines Bahnhofs sehr wohl dazu dienen, einen gesellschaftlichen Fehltritt zu vertuschen – tatsächlich wurde sie wohl auch schon zu diesem Zwecke benutzt –, aber sie kann doch wohl kaum als sichere Ausgangsbasis für eine anerkannte Stellung in der guten Gesellschaft gelten.

JACK: Darf ich fragen, was ich Ihrer Meinung nach tun soll? Ich brauche Ihnen wohl kaum zu versichern, daß ich alle Hebel in Bewegung setzen würde, um Gwendolen glücklich zu machen.

LADY BRACKNELL: Ich würde Ihnen dringend raten, Mr. Worthing, sich so schnell wie möglich ein paar Blutsverwandte zuzulegen und sich nach Kräften zu bemühen, noch vor Ende der Saison zumindest ein Elternteil, gleich welchen Geschlechts, beizubringen.

JACK: Nun, ich kann mir nicht vorstellen, wie ich das bewerkstelligen sollte. Ich kann Ihnen jederzeit die Reisetasche präsentieren. Sie steht in meinem Ankleidezimmer zu Hause. Ich meine wirklich, das sollte Ihnen reichen, Lady Bracknell.

LADY BRACKNELL: Mir, Sir! Was hat das alles mit mir zu tun? Sie werden sich doch wohl kaum einbilden, daß ich und Lord Bracknell auch nur im Traum daran denken würden, unserer einzigen Tochter – einer jungen Frau, die wir mit äußerster Sorgfalt erzogen haben – zu gestatten, in eine Gepäckaufbewahrung einzuheiraten und eine Verbindung mit einem Päckchen einzugehen? Auf Wiedersehen, Mr. Worthing!

Lady Bracknell rauscht in majestätischer Entrüstung aus dem Zimmer.

JACK: Auf Wiedersehen! *Im anderen Zimmer beginnt Algernon den Hochzeitsmarsch zu spielen. Jack blickt schrecklich wütend drein und geht zur Tür.* Spiel um Himmels willen nicht diese gräßliche Melodie, Algy! Du bist auch zu dämlich!

Die Musik verstummt, und Algernon tritt fröhlich ins Zimmer.

ALGERNON: Ist wohl nicht so gut gelaufen, alter Junge? Du willst mir doch nicht weismachen, daß Gwendolen deinen Antrag abgelehnt hat? Ich weiß, daß sie diese üble Angewohnheit hat. Sie lehnt dauernd irgendwelche Anträge ab. Ich finde das außerordentlich ungezogen von ihr.

JACK: Oh, mit Gwendolen ist alles im Lot. Was sie betrifft, so sind wir verlobt. Ihre Mutter dagegen ist völlig unerträglich. Ich habe noch nie im Leben eine solche Gorgo gesehen ... Eigentlich weiß ich nicht so recht, was eine Gorgo ist, aber ich bin mir ziemlich sicher, daß Lady Bracknell eine ist. Jedenfalls ist sie ein Ungeheuer, aber nicht gleichzeitig ein Mythos, und das finde ich ziemlich unfair ... Entschuldige bitte, Algy, ich sollte vermutlich vor deinen Ohren nicht so über deine eigene Tante reden.

ALGERNON: Mein lieber Freund, ich genieße es, wenn jemand meine Verwandtschaft schlechtmacht. Nur so kann ich sie überhaupt ertragen. Verwandte sind ein lästiger Haufen Leute. Sie haben nicht die leiseste Ahnung, wie man zu leben hat, und noch weniger Vorstellung davon, wann man abtreten sollte.

JACK: Ach, das ist doch Unsinn!

ALGERNON: Gewiß nicht!

JACK: Nun, über dieses Thema werde ich mich nicht mit dir streiten. Du willst immer über alle möglichen Dinge streiten.

ALGERNON: Wozu sollten die Dinge denn sonst da sein?

JACK: Also wirklich, wenn ich so dächte, dann hätte ich mich längst erschossen. *Pause.* Du meinst doch nicht, es könnte eine entfernte Möglichkeit bestehen, daß Gwendolen in etwa hundertfünfzig Jahren so wie ihre Mutter wird, Algy? Oder doch?

ALGERNON: Alle Frauen werden wie ihre Mütter. Das ist ihre Tragödie. Und kein Mann wird je wie seine Mutter. Das ist seine Tragödie.

JACK: Sollte das eine geistreiche Bemerkung sein?

ALGERNON: Jawohl, perfekt formuliert und gerade so wahr, wie es in zivilisierter Gesellschaft zulässig ist.

JACK: Mir hängen diese geistreichen Bemerkungen wirklich zum Halse heraus. Jedermann ist heutzutage geistreich. Man kann nirgends mehr hingehen, ohne geistreiche Leute zu treffen. Das wächst sich allmählich zum öffentlichen Ärgernis aus. Ich wünschte, es gäbe noch ein paar Dummköpfe!

ALGERNON: Gibt es.

JACK: Ich würde sie außerordentlich gern kennenlernen. Worüber reden die?

ALGERNON: Die Dummköpfe? Oh, natürlich über die geistreichen Leute.

JACK: Was für Dummköpfe!

ALGERNON: Übrigens, hast du Gwendolen gestanden, daß du in der Stadt Ernst und auf dem Land Jack bist?

JACK *in sehr herablassendem Ton*: Mein lieber Freund, einem lieben, süßen, wohlerzogenen Mädchen bindet man doch nicht die Wahrheit auf die Nase. Was für ungemein seltsame Vorstellungen du doch davon hast, wie man mit einer Frau umgeht!

ALGERNON: Die einzige Art, mit einer Frau umzugehen, ist, ihr den Hof zu machen, wenn sie hübsch ist, und einer anderen, wenn sie häßlich ist.

JACK: Ach, das ist doch alles Unsinn!

ALGERNON: Und was ist mit deinem Bruder? Was ist mit dem liederlichen Ernst?

JACK: Oh, den werde ich noch vor Ende der Woche los. Ich sage einfach, er sei in Paris am Schlagfluß gestorben. Es sterben doch viele Leute plötzlich und unerwartet am Schlagfluß, nicht wahr?

ALGERNON: Ja, aber das ist erblich, mein Lieber. Es liegt dann in der Familie, weißt du. Du sagst besser, daß es eine schwere Erkältung war.

JACK: Bist du sicher, daß schwere Erkältungen nicht erblich sind?

ALGERNON: Natürlich nicht!

JACK: Also gut. Mein armer Bruder Ernst wird plötzlich und unerwartet von einer schweren Erkältung dahingerafft werden. Damit wären wir ihn dann los.

ALGERNON: Aber ich dachte, du hättest gesagt, daß ... Miss Cardew sich ein wenig zu sehr für deinen armen Bruder Ernst interessierte? Wird sein Verlust sie nicht sehr mitnehmen?

JACK: Oh, das geht schon in Ordnung. Cecily ist kein albernes, romantisches Mädchen, was mich wirklich freut. Sie hat einen herzhaften Appetit, macht lange Spaziergänge und widmet ihrem Unterricht nicht die geringste Aufmerksamkeit.

ALGERNON: Diese Cecily würde ich gern einmal kennenlernen.

JACK: Ich werde sorgfältig darauf achten, daß sie dir nie unter die Augen tritt. Sie ist außergewöhnlich hübsch und gerade erst einmal achtzehn Jahre alt.

ALGERNON: Hast du Gwendolen schon erzählt, daß du ein außergewöhnlich hübsches Mündel hast, das gerade erst einmal achtzehn Jahre alt ist?

JACK: Oh, derlei Sachen posaunt man doch nicht aus. Cecily und Gwendolen werden ganz sicher ein Herz und eine Seele sein. Ich gehe jede Wette mit dir ein, daß sie sich schon »liebste Freundin« nennen, wenn sie sich kaum eine halbe Stunde kennen.

ALGERNON: Das tun Frauen allerdings erst, nachdem sie sich zuvor allerlei andere Bezeichnungen an den Kopf geworfen haben. Und jetzt, mein lieber Freund, müssen wir uns schleunigst umkleiden gehen, wenn wir bei Willis noch einen guten Tisch bekommen möchten. Weißt du, daß es schon beinahe sieben Uhr ist?

JACK *ärgerlich*: Oh, es ist immer beinahe sieben Uhr.

ALGERNON: Ich für mein Teil habe jedenfalls Hunger.

JACK: Ich könnte mich nicht erinnern, daß du jemals keinen …

ALGERNON: Und was machen wir nach dem Abendessen? Gehen wir ins Theater?

JACK: O nein! Ich hasse es, anderen zuhören zu müssen.

ALGERNON: Nun, dann laß uns in den Club gehen?

JACK: O nein! Ich hasse es, reden zu müssen.

ALGERNON: Na gut, dann könnten wir doch gegen zehn ins »Empire« spazieren?

JACK: O nein! Ich kann es nicht ausstehen, mir Revuen ansehen zu müssen. Die sind alle so albern.

ALGERNON: Also gut, was machen wir dann?

JACK: Nichts!

ALGERNON: Nichtstun ist furchtbar anstrengend. Aber ich habe nichts gegen Anstrengung, wenn damit kein festes Ziel verfolgt wird.

Lane kommt herein.

LANE: Miss Fairfax.

Gwendolen tritt ein. Lane geht aus dem Zimmer.

ALGERNON: Gwendolen, ich weiß nicht, was ich sagen soll!

GWENDOLEN: Algy, sei so nett und dreh dich kurz um. Ich habe Mr. Worthing eine ganz bestimmte Mitteilung zu machen.

ALGERNON: Also wirklich, Gwendolen, ich glaube nicht, daß ich derlei zulassen kann.

GWENDOLEN: Algy, was für eine entschieden unmoralische Einstellung zum Leben du doch hast. Dafür bist du noch viel zu jung. *Algernon zieht sich zum Kamin zurück.*

JACK: Mein Liebling!

GWENDOLEN: Ernst, wir werden vielleicht nie heiraten. Dem Ausdruck auf Mamas Gesicht nach zu urteilen, befürchte ich, daß wir es nie tun dürfen. Leider richten sich heutzutage nur noch wenige Eltern nach dem, was ihnen ihre Kinder sagen. Der gute alte Respekt vor der Jugend stirbt aus. Wenn ich je Einfluß auf Mama hatte, habe ich ihn im Alter von drei Jahren verloren. Aber obwohl sie uns vielleicht daran hindern kann, Mann und Frau zu werden, und obwohl ich vielleicht jemand anderen und sogar mehrmals heiraten werde, so kann doch nichts, was sie je tut, etwas an meiner ewigen Liebe zu dir ändern.

JACK: Liebste Gwendolen!

GWENDOLEN: Die Geschichte deiner romantischen Herkunft, wie sie mir meine Mama, versehen mit wenig schmeichelhaften Kommentaren, erzählt hat, mußte natürlich die innersten Fasern meines Herzens anrühren. Dein Vorname besitzt eine unwiderstehliche Anziehungskraft auf mich. Die Schlichtheit deines Charakters macht dich zudem völlig unergründlich. Deine Stadtadresse im »Albany« habe ich. Wie lautet deine Adresse auf dem Land?

JACK: Herrenhaus, Woolton, Hertforshire.

Algernon, der aufmerksam gelauscht hat, lächelt vor sich hin und notiert sich die Adresse auf seiner Manschette. Dann nimmt er das Kursbuch zur Hand.

GWENDOLEN: Ich nehme an, die Postverbindung ist gut? Es könnte sein, daß ich verzweifelte Maßnahmen ergreifen muß. Das verlangt natürlich ernsthafte Überlegung. Ich werde mich täglich mit dir in Verbindung setzen.

JACK: Meine einzige Gwendolen!

GWENDOLEN: Wie lange bleibst du noch in der Stadt?

JACK: Bis Montag.

GWENDOLEN: Gut! Algy, du darfst dich jetzt wieder umdrehen.

ALGERNON: Danke, ich habe mich bereits umgedreht.

GWENDOLEN: Du darfst auch läuten.

Algernon läutet.

JACK: Ich darf dich doch zur Kutsche begleiten, meine Liebste?

GWENDOLEN: Gewiß.

Lane tritt ein.

JACK: Ich begleite Miss Fairfax zum Wagen.

LANE: Sehr wohl, Sir.

Jack und Gwendolen verlassen das Zimmer. Lane reicht Algernon mehrere Briefe auf einem Tablett. Es steht zu vermuten, daß es sich um Rechnungen handelt, da Algernon sie nach einem flüchtigen Blick auf die Umschläge ungeöffnet zerreißt.

ALGERNON: Ein Glas Sherry, Lane.

LANE: Sehr wohl, Sir.

ALGERNON: Lane, morgen gehe ich Bunburysieren.

LANE: Sehr wohl, Sir.

ALGERNON: Ich komme wahrscheinlich vor Montag nicht zurück. Sie können meine guten Anzüge, meinen Smoking und alle Bunbury-Sachen einpacken …

LANE: Sehr wohl, Sir. *Er reicht ihm den Sherry.*

ALGERNON: Ich hoffe, daß morgen schönes Wetter ist, Lane.

LANE: Das ist es aber nie, Sir.

ALGERNON: Lane, Sie sind durch und durch Pessimist.

LANE: Ich tue mein Möglichstes, Sie zufriedenzustellen, Sir.

Jack tritt ein. Lane verläßt das Zimmer.

JACK: Was für ein vernünftiges, intellektuelles Mädchen! Das einzige Mädchen, an dem mir je etwas gelegen war. *Algernon biegt sich vor Lachen.* Was um alles in der Welt amüsiert dich so?

ALGERNON: Oh, ich mache mir ein wenig Sorgen um den armen Bunbury, sonst nichts.

JACK: Wenn du nicht acht gibst, bringt dich dein Freund Bunbury eines schönen Tages noch in ernsthafte Schwierigkeiten.

ALGERNON: Ich liebe ernsthafte Schwierigkeiten. Es sind die einzigen Situationen, die niemals richtig ernst sind.

JACK: Ach, Unsinn, Algy. Du redest ständig nichts als Unsinn.

ALGERNON: Das tut doch jeder dauernd.

Jack schaut ihn empört an und verläßt das Zimmer. Algernon zündet sich eine Zigarette an, liest, was auf seiner Manschette steht, und lächelt.

Vorhang

Zweiter Akt

Im Garten des Herrenhauses. Eine graue Steintreppe führt zum Haus hinauf. Der Garten ist altmodisch und voller Rosen. Jahreszeit: Juli. Korbstühle und ein Tisch voller Bücher stehen unter einer großen Eibe. Miss Prism sitzt am Tisch. Cecily hält sich im Hintergrund auf und gießt Blumen.

Miss Prism *ruft*: Cecily! Cecily! Sicherlich gehört doch eine derart auf praktischen Nutzen ausgerichtete Tätigkeit wie das Begießen von Pflanzen eher zu Moultons Pflichten als zu den Ihren? Insbesondere in einem Augenblick, in dem Sie die hehren Freuden des Geistes erwarten. Auf dem Tisch liegt Ihre deutsche Grammatik. Bitte schlagen Sie sie auf Seite fünfzehn auf. Wir wollen die Lektion von gestern noch einmal wiederholen.

Cecily *kommt betont langsam herüber*: Aber ich mag Deutsch nicht. Es ist wirklich keine vorteilhafte Sprache. Ich bin mir ganz sicher, daß ich nach den Deutschstunden immer furchtbar häßlich aussehe.

Miss Prism: Mein liebes Kind, Sie wissen doch, wie sehr Ihr Vormund darauf bedacht ist, Ihnen jede nur mögliche Art von Bildung angedeihen zu lassen. Erst gestern, als er in die Stadt aufbrach, hat er mich noch ganz besonders auf Ihren Deutschunterricht angesprochen.

Eigentlich spricht er mich immer ganz besonders auf Ihren Deutschunterricht an, wenn er in die Stadt aufbricht.

CECILY: Der arme Onkel Jack, er ist so furchtbar ernsthaft! Manchmal ist er so ernsthaft, daß ich mir schon Sorgen mache, ob es ihm vielleicht nicht gut geht.

MISS PRISM *setzt sich kerzengerade hin*: Ihr Vormund erfreut sich bester Gesundheit, und sein ernstes Gebaren ist sehr löblich, besonders bei einem so jungen Menschen. Ich kenne niemanden, der mehr Verantwortungsgefühl und Pflichtbewußtsein an den Tag legt.

CECILY: Wahrscheinlich sieht er deswegen oft ein bißchen gelangweilt aus, wenn wir drei zusammen sind.

MISS PRISM: Cecily! Sie enttäuschen mich! Mr. Worthing hat im Leben viele Sorgen. Für seichtes Amüsement und unbedeutende Kleinigkeiten ist in seinen Gesprächen kein Raum. Erinnern Sie sich nur, daß er in ständiger Angst um diesen unglückseligen jungen Mann, seinen Bruder, schwebt.

CECILY: Ich wünschte, Onkel Jack würde diesem unglückseligen jungen Mann, seinem Bruder, ab und zu erlauben, uns hier zu besuchen. Wir könnten einen segensreichen Einfluß auf ihn ausüben, Miss Prism. Ich bin sicher, Ihnen würde das gelingen. Sie können Deutsch, und Sie kennen sich mit Geologie aus. Solche Dinge beeindrucken einen Mann sehr. *Cecily beginnt, Eintragungen in ihrem Tagebuch zu machen.*

MISS PRISM *schüttelt den Kopf*: Ich glaube, nicht einmal ich könnte auf den Charakter eines Menschen noch eine

Wirkung haben, der laut Aussage seines eigenen Bruders unverbesserlich schwach und wankelmütig ist. Ich bin mir eigentlich gar nicht sicher, ob ich ihn überhaupt bessern wollte. Ich bin durchaus nicht einverstanden mit dieser modernen Versessenheit, von einem Augenblick auf den anderen schlechte Menschen partout in gute verwandeln zu wollen. Wie der Mensch sät, so soll er ernten. Sie legen jetzt besser Ihr Tagebuch weg, Cecily. Ich verstehe nicht, warum Sie überhaupt Tagebuch führen.

CECILY: Ich führe Tagebuch, damit ich all die wunderbaren Geheimnisse meines Lebens dort eintragen kann. Wenn ich sie nicht aufschreibe, könnte es sein, daß ich sie völlig vergesse.

MISS PRISM: Das Gedächtnis, meine liebe Cecily, ist das Tagebuch, das wir immer bei uns tragen.

CECILY: Ja, aber darin sind ja meist nur Dinge aufgezeichnet, die niemals geschehen sind und auch unmöglich geschehen könnten. Ich bin sicher, daß beinahe alle dreibändigen Romane, die wir von Mudie geschickt bekommen, auf nichts als das sogenannte Gedächtnis zurückzuführen sind.

MISS PRISM: Bitte sprechen Sie nicht so abschätzig von dreibändigen Romanen, Cecily. Ich habe selbst in jungen Jahren einmal einen geschrieben.

CECILY: Wirklich, Miss Prism? Wie wunderbar klug Sie doch sind! Ich hoffe, die Geschichte ging nicht glücklich aus? Ich mag Romane nicht, die glücklich ausgehen. Sie deprimieren mich so sehr.

MISS PRISM: Die Guten nahmen ein glückliches Ende und die Bösen ein schlimmes. Darum geht es in der Romandichtung.

CECILY: Das mag sein. Aber es erscheint mir doch sehr unfair. Ist Ihr Roman veröffentlicht worden?

MISS PRISM: Leider nein. Es handelte sich bei dem Manuskript bedauerlicherweise um ein verworfenes. *Cecily horcht auf.* Verworfen im Sinne von verloren oder verlegt, nicht verwerflich. An die Arbeit, mein Kind. Diese Spekulationen bringen uns nicht weiter.

CECILY *lächelt*: Aber da sehe ich gerade den lieben Dr. Chasuble durch den Garten kommen.

MISS PRISM *steht auf und geht auf ihn zu*: Dr. Chasuble! Welche Freude!

Pfarrer Chasuble tritt auf.

CHASUBLE: Wie geht es uns heute morgen? Miss Prism, es geht Ihnen, will ich hoffen, gut?

CECILY: Miss Prism hat gerade über leichte Kopfschmerzen geklagt. Ich glaube, es würde ihr sehr gut tun, wenn sie mit Ihnen einen kleinen Spaziergang im Park machen würde, Dr. Chasuble.

MISS PRISM: Cecily, ich habe in keiner Weise Kopfschmerzen erwähnt!

CECILY: Nein, meine liebe Miss Prism, das weiß ich. Aber ich hatte instinktiv das Gefühl, daß Sie unter Kopfschmerzen leiden. Daran habe ich eigentlich gedacht und nicht an meine Deutschlektion, als der Herr Pfarrer kam.

CHASUBLE: Ich hoffe, Cecily, Sie sind nicht unaufmerksam.

CECILY: O doch, das bin ich leider.

CHASUBLE: Das ist seltsam. Wäre ich in der glücklichen Lage, Miss Prisms Schüler zu sein, ich würde an ihren Lippen hängen. *Miss Prism wirft ihm einen strafenden Blick zu.* Rein metaphorisch gesprochen. Meine Metapher stammt aus der Welt der Bienen. Äh, Mr. Worthing, nehme ich an, ist noch nicht aus der Stadt zurückgekehrt?

MISS PRISM: Wir erwarten ihn nicht vor Montagnachmittag.

CHASUBLE: Ah ja, er verbringt gewöhnlich gern den Sonntag in London. Keiner von den jungen Männern, deren einziger Lebenszweck das Vergnügen ist, so wie allem Anschein nach jener unglückselige junge Mann, sein Bruder. Aber nun darf ich Egeria und ihre Schülerin nicht mehr länger stören.

MISS PRISM: Egeria? Ich heiße Laetitia, Herr Doktor.

CHASUBLE *verneigt sich*: Nur eine Anspielung aus der Antike, bei den heidnischen Dichtern entlehnt. Ich sehe Sie beide zweifellos bei der Abendandacht?

MISS PRISM: Ich glaube, mein lieber Herr Doktor, ich gehe ein Stückchen mit Ihnen spazieren. Ich stelle fest, ich habe doch Kopfschmerzen, und ein paar Schritte würden mir guttun.

CHASUBLE: Mit Vergnügen, Miss Prism, mit Vergnügen. Wir könnten bis zur Schule und zurück laufen.

MISS PRISM: Das wäre reizend. Cecily, Sie lesen während meiner Abwesenheit Ihre politische Ökonomie. Das

Kapitel über die Abwertung der Rupie dürfen Sie überspringen. Das ist doch ein wenig zu sensationell. Sogar diese Währungsprobleme haben eine höchst melodramatische Seite.

Sie geht mit Dr. Chasuble durch den Garten fort.

CECILY *nimmt die Bücher in die Hand und wirft sie wieder auf den Tisch*: Grauenhafte politische Ökonomie, bäh. Grauenhafte Geografie, bäh. Grauenhaftes Deutsch, doppelt bäh!

Merriman kommt mit einer Visitenkarte auf einem Tablett.

MERRIMAN: Soeben ist Mr. Ernst Worthing vom Bahnhof vorgefahren. Er hat sein Gepäck mitgebracht.

CECILY *nimmt die Visitenkarte und liest sie*: »Mr. Ernst Worthing, B.4 The Albany, W.« Onkel Jacks Bruder! Haben Sie ihm gesagt, daß Mr. Worthing in London ist?

MERRIMAN: Jawohl, Miss. Er schien außerordentlich enttäuscht zu sein. Ich habe erwähnt, daß Sie und Miss Prism sich im Garten aufhalten. Er erwiderte, er sei begierig darauf, kurz unter vier Augen mit Ihnen zu sprechen.

CECILY: Bitten Sie Mr. Ernst Worthing hierher. Sie sollten wohl auch besser mit der Haushälterin reden, daß sie ein Zimmer für ihn zurechtmacht.

MERRIMAN: Sehr wohl, Miss.

Merriman geht fort.

CECILY: Ich habe noch nie eine wirklich verruchte Person kennengelernt. Ich habe richtig ein bißchen Angst. Ich habe Angst, daß er haargenau aussehen wird wie alle anderen auch. *Algernon tritt auf, sehr fröhlich und flott.* Es stimmt!

ALGERNON *lüftet den Hut*: Sie sind gewiß meine kleine Cousine Cecily.

CECILY: Da sind Sie das Opfer eines seltsamen Mißverständnisses. Ich bin nicht klein. Ja, ich meine, daß ich für mein Alter ungewöhnlich groß bin. *Algernon ist einigermaßen pikiert.* Aber Ihre Cousine Cecily bin ich. Sie sind, wie ich Ihrer Visitenkarte entnehme, Onkel Jacks Bruder, mein Cousin Ernst, mein lasterhafter Cousin Ernst.

ALGERNON: Oh! Ich bin nicht wirklich lasterhaft, Cousine Cecily. Sie dürfen nicht glauben, daß ich lasterhaft bin.

CECILY: Dann haben Sie uns bisher auf unentschuldbare Weise hinters Licht geführt. Ich hoffe, Sie haben kein Doppelleben geführt und nur vorgetäuscht, lasterhaft zu sein, und sind in Wirklichkeit die ganze Zeit über tugendhaft gewesen. Das wäre scheinheilig.

ALGERNON *blickt sie überaus erstaunt an*: Oh! Natürlich habe ich ein ziemlich unbekümmertes, loses Leben geführt.

CECILY: Das freut mich zu hören.

ALGERNON: Ja, ich bin, jetzt wo Sie es erwähnen, auf meine bescheidene Weise doch ziemlich verrucht gewesen.

CECILY: Ich finde nicht, daß Sie darauf so stolz sein sollten, wenn ich auch sicher bin, daß es Ihnen viel Vergnügen bereitet hat.

ALGERNON: Es macht viel mehr Vergnügen, hier bei Ihnen zu sein.

CECILY: Ich begreife nicht, wieso Sie überhaupt hier sind. Onkel Jack kommt erst am Montagnachmittag wieder.

ALGERNON: Das ist eine herbe Enttäuschung. Ich muß leider unbedingt schon mit dem ersten Zug am Montagmorgen in die Stadt zurück. Ich habe eine geschäftliche Verabredung, die ich unbedingt ... verpassen muß.

CECILY: Könnten Sie die nicht an jedem anderen Ort auch verpassen? Muß es unbedingt in London sein?

ALGERNON: Nein, die Verabredung ist in London.

CECILY: Nun, ich weiß natürlich, wie wichtig es ist, geschäftliche Verabredungen zu verpassen, wenn man überhaupt noch ein Gespür für die schönen Dinge des Lebens behalten möchte, aber ich denke trotzdem, Sie sollten lieber warten, bis Onkel Jack zurückkommt. Ich weiß, daß er sich mit Ihnen über Ihre Auswanderung unterhalten möchte.

ALGERNON: Über meine was?

CECILY: Ihre Auswanderung. Er ist in die Stadt gefahren, um Ihre Ausstattung zu kaufen.

ALGERNON: Ich würde sicherlich niemals Jack den Kauf meiner Ausstattung überlassen. Er hat nicht den geringsten Geschmack, wenn es um Krawatten geht.

CECILY: Ich glaube nicht, daß Sie Krawatten brauchen. Onkel Jack schickt Sie nach Australien.

ALGERNON: Australien! Da würde ich lieber sterben!

CECILY: Nun, am Mittwoch hat er beim Dinner gemeint, Sie hätten die Wahl zwischen dieser Welt, der jenseitigen Welt und Australien.

ALGERNON: Nun gut denn. Die Berichte, die mir von Australien und der jenseitigen Welt zu Ohren gekommen sind, klingen nicht sonderlich ermutigend. Für mich ist diese Welt gut genug, Cousine Cecily.

CECILY: Ja, ja, aber sind S i e gut genug für diese Welt?

ALGERNON: Leider nicht. Deswegen wünschte ich, Sie würden mich bessern. Sie könnten das doch zu Ihrer Lebensaufgabe machen, wenn Sie nichts dagegen hätten, Cousine Cecily.

CECILY: Ich fürchte, heute nachmittag habe ich keine Zeit.

ALGERNON: Nun, hätten Sie dann etwas dagegen, wenn ich mich heute nachmittag schon ein bißchen selbst bessere?

CECILY: Das ist aber ein ziemlich abenteuerliches Unterfangen. Doch ich denke, Sie sollten es zumindest versuchen.

ALGERNON: Das mache ich. Ich fühle mich schon viel besser.

CECILY: Sie sehen aber ein wenig schlechter aus.

ALGERNON: Das liegt am Hunger.

CECILY: Wie unaufmerksam von mir! Ich hätte mich erinnern sollen, daß man, wenn man ein völlig neues Leben anfangen will, regelmäßige und reichhaltige Mahlzeiten zu sich nehmen muß. Wollen Sie mit ins Haus kommen?

ALGERNON: Danke. Dürfte ich erst um eine Blume fürs Knopfloch bitten? Ich habe nie viel Appetit, ehe ich nicht eine Blume im Knopfloch habe.

CECILY: Eine Maréchal Niel? *Sie nimmt die Rosenschere in die Hand.*

ALGERNON: Nein, ich hätte lieber eine rosa Rose.

CECILY: Warum? *Sie schneidet eine Blüte ab.*

ALGERNON: Weil Sie, Cousine Cecily, wie eine rosa Rose sind.

CECILY: Ich glaube nicht, daß es richtig ist, wenn Sie so mit mir sprechen. Miss Prism sagt nie solche Dinge zu mir.

ALGERNON: Dann ist Miss Prism eine kurzsichtige alte Dame. *Cecily steckt ihm die Rose an.* Sie sind das hübscheste Mädchen, das ich je gesehen habe.

CECILY: Miss Prism sagt, daß gutes Aussehen eine böse Falle ist.

ALGERNON: Aber eine Falle, in der sich jeder vernünftige Mann nur zu gern fangen läßt.

CECILY: Oh, ich bin mir gar nicht sicher, ob ich mir einen vernünftigen Mann einfangen möchte. Ich wüßte nicht, worüber ich mit ihm sprechen sollte.

Sie gehen ins Haus. Miss Prism und Dr. Chasuble kehren zurück.

MISS PRISM: Sie sind zu viel allein, mein lieber Doktor Chasuble. Sie sollten heiraten. Einen Misanthropen kann ich ja verstehen, aber einen Frauenthropen? Niemals!

CHASUBLE *mit dem Schaudern des Gelehrten*: Glauben Sie mir, ich verdiene eine solche Sprachschöpfung wirklich nicht. Sowohl in ihrer Lehre als auch in ihrer Lebenspraxis hat sich die Urkirche strikt gegen den Ehestand ausgesprochen.

MISS PRISM *lehrhaft*: Das ist zweifellos der Grund, warum sich die Urkirche nicht bis auf den heutigen Tag gehalten hat. Sie scheinen sich auch nicht darüber im klaren zu sein, mein lieber Doktor, daß ein Mann, indem er hartnäckig auf seinem Junggesellenstand beharrt, dadurch zu einer ständigen öffentlichen Versuchung wird. Männer sollten wirklich besser achtgeben. Gerade dieses Zölibat führt doch die schwächeren Geister vom Pfad der Tugend ab.

CHASUBLE: Aber ist ein Mann nicht gleichermaßen anziehend, wenn er verheiratet ist?

MISS PRISM: Ein verheirateter Mann ist niemals anziehend, außer natürlich für seine Frau.

CHASUBLE: Und oft nicht einmal für sie, habe ich mir sagen lassen.

MISS PRISM: Das hängt von den intellektuellen Vorlieben der Frau ab. Auf Reife kann man sich immer verlassen. Reife ist vertrauenswürdig. Junge Frauen sind grün. *Dr. Chasuble horcht auf.* Rein gärtnerisch gesprochen. Meine Metapher stammt aus dem Reich der Früchte. Aber wo ist Cecily?

CHASUBLE: Vielleicht ist sie uns zur Schule gefolgt?

Jack kommt gemessenen Schrittes aus dem hinteren Teil des Gartens. Er trägt tiefe Trauer, ein schwarzes Band am Hut und schwarze Handschuhe.

MISS PRISM: Mr. Worthing!

CHASUBLE: Mr. Worthing?

MISS PRISM: Das ist nun wahrhaftig eine Überraschung. Wir hatten Sie nicht vor Montagnachmittag zurückerwartet.

JACK *schüttelt Miss Prism mit tragischem Gestus die Hand*: Ich bin früher als geplant zurückgekehrt. Dr. Chasuble, ich hoffe, Sie bei guter Gesundheit vorzufinden?

CHASUBLE: Mein lieber Mr. Worthing, ich darf doch wohl annehmen, diese Gewänder des tiefen Schmerzes sind keine Anzeichen eines tragischen Ereignisses?

JACK: Mein Bruder.

MISS PRISM: Noch mehr schändliche Schulden und Extravaganzen?

CHASUBLE: Führt er immer noch ein Leben, das allein dem Vergnügen geweiht ist?

JACK *schüttelt den Kopf*: Tot!

CHASUBLE: Ihr Bruder Ernst tot?

JACK: Mausetot.

MISS PRISM: Das wird ihm eine Lehre sein. Hoffentlich beherzigt er sie!

CHASUBLE: Mr. Worthing, darf ich Ihnen meine aufrichtige Anteilnahme aussprechen. Sie haben zumindest den einen Trost, immer der großzügigste und langmütigste aller Brüder gewesen zu sein.

JACK: Der arme Ernst! Er hatte viele Fehler, aber es ist doch ein schwerer, schwerer Schlag.

CHASUBLE: Sehr schwer, wahrhaftig. Waren Sie bei ihm, als das Ende nahte?

JACK: Nein. Er ist im Ausland gestorben. In Paris genaugenommen. Ich habe gestern abend ein Telegramm vom Direktor des Grand Hotels bekommen.

CHASUBLE: War darin auch von der Todesursache die Rede?

JACK: Eine schwere Erkältung, scheint es.

MISS PRISM: Wie der Mensch sät, so soll er ernten.

CHASUBLE *hebt die Hand*: Barmherzigkeit, meine liebe Miss Prism, Barmherzigkeit! Niemand ist vollkommen. Ich selbst bin außerordentlich empfindlich gegen Zugluft. Wird die Beisetzung hier stattfinden?

JACK: Nein. Er scheint dem Wunsch Ausdruck verliehen zu haben, in Paris beerdigt zu werden.

CHASUBLE: In Paris! *Er schüttelt den Kopf.* Ich fürchte, das läßt nicht gerade auf eine sehr ernsthafte Gemütsverfassung angesichts des Todes schließen. Sie wünschen zweifellos, daß ich nächsten Sonntag einen kleinen Hinweis auf diesen tragischen Trauerfall in Ihrem Hause mache? *Jack schüttelt ihm wild die Hand.* Meine Predigt zur Bedeutung des Manna in der Wüste läßt sich jedem Anlaß anpassen, freudenreichen oder, wie in diesem Fall, schmerzensreichen. *Alle seufzen.* Ich habe sie bereits bei Erntedankfesten, Taufen, Konfirmationen, an Tagen tiefster Niedergeschlagenheit und an hohen Festtagen gehalten. Das letzte Mal in der Kathedrale als Wohltätigkeitspredigt für die Gesellschaft zur Verhinderung von Unzufriedenheit in der Oberschicht. Der Bischof, der am Gottesdienst teilnahm, war doch sehr berührt von einigen Analogien, die ich zog.

JACK: Ah, das erinnert mich an etwas. Sie haben vorhin Taufen erwähnt, glaube ich, Dr. Chasuble? Ich nehme an, Sie wissen, wie eine Taufe geht, stimmt's? *Dr. Chasuble macht ein verwundertes Gesicht.* Ich meine natürlich, Sie taufen ja andauernd, nicht wahr?

MISS PRISM: Das ist, ich muß es leider sagen, eine der häufigsten Pflichten Dr. Chasubles in dieser Gemeinde. Ich habe des öfteren mit den ärmeren Schichten darüber gesprochen. Aber dort scheint man die Bedeutung des Wortes Enthaltsamkeit nicht zu kennen.

CHASUBLE: Gibt es einen bestimmten Säugling, für den Sie sich in diesem Zusammenhang interessieren, Mr. Worthing? Ihr Bruder war doch meines Wissens ledig, nicht wahr?

JACK: O ja, das war er.

MISS PRISM *bitter*: Menschen, die nur Ihrem Vergnügen leben, sind das gewöhnlich.

JACK: Aber es geht nicht um irgendein Kind, mein lieber Doktor. Ich mag Kinder sehr gern. Nein, ich wünsche selbst getauft zu werden, gleich heute nachmittag, wenn Sie nichts besseres vorhaben.

CHASUBLE: Aber Mr. Worthing, Sie sind doch bestimmt schon getauft?

JACK: Ich erinnere mich an nichts dergleichen.

CHASUBLE: Haben Sie ernsthafte Gründe, daran zu zweifeln?

JACK: Durchaus. Ich weiß natürlich nicht, ob es Ihnen irgendwelche Unannehmlichkeiten bereitet oder ob Sie am Ende meinen, ich wäre für dergleichen schon ein wenig zu alt.

CHASUBLE: Keineswegs. Das Benetzen mit Wasser, ja sogar das Untertauchen von Erwachsenen ist eine völlig kanonische Praxis.

JACK: Untertauchen!

CHASUBLE: Keine Angst, in Ihrem Fall ist nur Benetzen erforderlich und meiner Meinung nach auch ratsamer. Unser Wetter ist so wechselhaft. Wann soll die heilige Handlung durchgeführt werden?

JACK: Oh, ich könnte so gegen fünf bei Ihnen vorbeikommen, wenn Ihnen das paßt.

CHASUBLE: Gewiß, gewiß! Ich habe zu dem Zeitpunkt bereits zwei ähnliche Handlungen auszuführen. Ein Fall von Zwillingen, der sich kürzlich in einem der Häuser in den Außenbezirken Ihres Landgutes ereignet hat. Der arme Fuhrmann Jenkins, ein außerordentlich hart arbeitender Mann.

JACK: Oh, mir würde es aber keineswegs Spaß machen, mit anderen Säuglingen zusammen getauft zu werden. Das wäre ja kindisch. Ginge es auch um halb sechs?

CHASUBLE: Wunderbar! Wunderbar! *Er zieht seine Uhr hervor.* Und nun, mein lieber Mr. Worthing, möchte ich mich Ihnen in Ihrem Trauerhaus nicht mehr länger aufdrängen. Ich möchte Sie nur auffordern, sich nicht zu sehr vom Gram niederbeugen zu lassen. Dinge, die uns wie bittere Prüfungen erscheinen, erweisen sich im nachhinein oft als verkappte Segnungen.

MISS PRISM: Diese Segnung scheint mir allerdings außerordentlich offensichtlich zu sein.

Cecily kommt aus dem Haus.

CECILY: Onkel Jack! Oh, wie ich mich freue, daß du wieder da bist! Was hast du nur für scheußliche Sachen an! Bitte geh und zieh dich um.

MISS PRISM: Cecily!

CHASUBLE: Liebes Kind, liebes Kind!

Cecily geht auf Jack zu. Er küßt sie mit melancholischer Miene auf die Stirn.

CECILY: Was ist los, Onkel Jack? Schau doch ein bißchen fröhlicher drein! Du siehst aus, als hättest du Zahnschmerzen, und dabei habe ich eine so schöne Überraschung für dich. Was glaubst du, wer im Eßzimmer auf dich wartet? Dein Bruder!

JACK: Wer?

CECILY: Dein Bruder Ernst. Er ist vor etwa einer halben Stunde hier angekommen.

JACK: Was für ein Unsinn! Ich habe keinen Bruder.

CECILY: Oh, sag das nicht. Wie schlecht er sich dir gegenüber in der Vergangenheit auch benommen hat, er ist immer noch dein Bruder. Du kannst doch nicht so herzlos sein und ihn verleugnen. Ich sage ihm, er soll zu uns herauskommen. Und du reichst ihm die Hand, nicht wahr, Onkel Jack?

Sie eilt ins Haus zurück.

CHASUBLE: Das ist wahrhaftig eine überaus frohe Botschaft!

MISS PRISM: Nachdem wir uns alle mit seinem Verlust abgefunden hatten, scheint mir seine plötzliche Wiederkehr ganz besonders schmerzlich.

JACK: Mein Bruder ist im Eßzimmer? Ich weiß nicht, was das alles zu bedeuten hat. Ich finde es völlig absurd.

Cecily und Algernon kommen Hand in Hand aus dem Haus und gehen langsam auf Jack zu.

JACK: Großer Gott! *Versucht Algernon mit einer Handbewegung zu verscheuchen.*

ALGERNON: Bruder John! Ich bin aus der Stadt hierher gekommen, um dir zu sagen, wie leid es mir tut, daß du meinetwegen solche Unannehmlichkeiten hattest, und daß ich die feste Absicht hege, in Zukunft ein besseres Leben zu führen. *Jack schaut ihn böse an und ergreift seine Hand nicht.*

CECILY: Onkel Jack, du wirst doch deinem eigenen Bruder nicht die Hand verweigern?

JACK: Nichts auf der Welt könnte mich dazu bringen, diese Hand zu ergreifen. Ich finde es schändlich, daß er überhaupt hierher gekommen ist. Er weiß ganz genau, warum.

CECILY: Onkel Jack, sei doch nett. In jedem Menschen steckt ein guter Kern. Ernst hat mir gerade von seinem armen, schwerkranken Freund Mr. Bunbury erzählt, den er so oft besucht. Und es muß doch viel Gutes an jemandem sein, der so freundlich zu einem Kranken ist und die Freuden Londons verläßt, um an einem Schmerzenslager zu sitzen?

JACK: Oh, er hat von Bunbury gesprochen, ja?

CECILY: Ja, er hat mir alles von dem armen Mr. Bunbury erzählt. Und von seinem beklagenswerten Gesundheitszustand.

JACK: Bunbury! Ich lasse es jedenfalls nicht zu, daß er dir noch mehr von Bunbury oder von sonst etwas erzählt. Das kann einen ja in den Wahnsinn treiben.

ALGERNON: Ich gebe natürlich zu, daß die Fehler alle bei mir lagen. Aber ich muß sagen, die Kälte, die mir mein Bruder John entgegenbringt, schmerzt mich doch zutiefst. Ich hätte erwartet, mit etwas mehr Begeisterung begrüßt zu werden, zumal es mein erster Besuch hier ist.

CECILY: Onkel Jack, wenn du Ernst nicht die Hand reichst, verzeihe ich dir das niemals.

JACK: Du verzeihst mir niemals?

CECILY: Nie, nie, niemals.

JACK: Nun, es ist endgültig das letzte Mal. *Er schüttelt Algernon die Hand und starrt ihn dabei feindselig an.*

CHASUBLE: Es ist doch angenehm, nicht wahr, eine so vollkommene Versöhnung mitzuerleben. Ich denke, wir können die beiden Brüder jetzt allein lassen.

MISS PRISM: Cecily, Sie kommen mit uns.

CECILY: Gewiß, Miss Prism. Meine kleine Aufgabe als Vermittlerin habe ich erfüllt.

CHASUBLE: Mein liebes Kind, Sie haben da heute etwas sehr Schönes getan.

Algernon (Rupert Everett) sitzt in London in einem Kabarett.

Algernon trifft seinen Freund Jack alias Ernst (Colin Firth), der von seinem Landsitz in die Stadt gefahren ist, um sich zu vergnügen.

Jack genießt den Abend in London unter seinem falschen Namen Ernst.

Jack und Algernon schlendern durch London. Algernon lädt Jack für den nächsten Tag zu sich ein, da Gwendolen erwartet wird.

Jack auf dem Weg zu Lady Bracknell, um bei dieser um die Hand von Gwendolen anzuhalten.

Gwendolen (Frances O'Connor).

Lady Bracknell (Judi Dench) ist über Jacks Heiratsantrag an Gwendolen höchst erzürnt.

Lady Bracknell prüft den Heiratskandidaten auf Herz und Nieren.

Jack und Algernon in einem Pub. Jack ist niedergeschlagen, weil Lady Bracknell seinen Heiratsantrag an Gwendolen abgelehnt hat.

Algernon versucht seinen Freund Jack zu trösten.

Dr. Chasuble (Tom Wilkinson) und Miss Prism (Anna Massey) auf dem Landsitz von Jack.

Cecily (Reese Witherspoon) einsam auf dem Landsitz ihres Onkels Jack.

Miss Prism.

Jack auf der Suche nach seiner Vergangenheit.

Algernon.

Algernon ist mit einem Heißluftballon auf dem Landsitz von Jack gelandet.

Jack hat aus London eine Urne mitgebracht, in der sich angeblich die Asche seines verstorbenen Bruders Ernst befindet.

Überraschung: Jack trifft Algernon, der sich als sein Bruder ausgibt, vor seinem Haus.

Jack Jack ist nicht sehr erfreut über den plötzlichen Besuch seines »Bruders«.

Algernon und Cecily.

Algernon gesteht Cecily, daß er sie bezaubernd findet.

Cecily und Algernon bei einer romantischen Bootsfahrt.

Miss Prism und Cecily im Garten.

Cecily.

Algernon möchte mit Cecily allein sein und versucht Miss Prism auf charmante Weise loszuwerden.

Cecily gesteht Algernon, daß er ihr Traumprinz ist.

Algernon muß wegen einer Geldangelegenheit Jacks Anwesen verlassen.

Gwendolen hält es ohne ihren »Ernst«/Jack nicht aus und fährt ihm ohne Erlaubnis ihrer Mutter hinterher.

Jack bereitet sich auf das Treffen mit Gwendolen vor.

Endlich sind »Ernst«/Jack und Gwendolen wieder vereint.

Cecily und Gwendolen haben sich gegen die Schwindler verschworen.

Die beiden Damen sind gespannt, wie Jack und Algernon das ganze wiedergutmachen wollen.

Jack alias Ernst gibt mit seinem Namensvetter ein Versöhnungsständchen.

Cecily und Gwendolen lassen ihre beiden Angebeteten noch ein wenig schmoren.

Gwendolen gibt vor, verärgert zu sein.

Lady Bracknell ist ihrer ausgerissenen Tochter hinterhergereist.

Lady Bracknell ist nicht sehr begeistert davon, daß Gwendolen und Jack heiraten wollen.

Auf der Suche nach Miss Prism.

Miss Prism lüftet ihr Geheimnis.

Miss Prism und Dr. Chasuble.

Jack erfährt seinen wahren Vornamen.

Miss Prism: Wir dürfen die Lage nicht vorschnell beurteilen.

Cecily: Ich bin sehr glücklich.

Alle gehen ab, Jack und Algernon bleiben.

Jack: Algy, du elender Schurke! Du mußt so bald wie möglich wieder hier verschwinden. Hier erlaube ich kein Bunburysieren.

Merriman kommt.

Merriman: Ich habe Mr. Ernsts Sachen in das Zimmer neben dem Ihren bringen lassen. Das ist recht so, hoffe ich?

Jack: Was?

Merriman: Mr. Ernsts Koffer, Sir. Ich habe sie ausgepackt und ihn im Zimmer neben dem Ihren untergebracht.

Jack: Seine Koffer?

Merriman: Sehr wohl, Sir. Drei Handkoffer, ein Reisenecessaire, zwei Hutschachteln und ein großer Picknickkorb.

Algernon: Leider kann ich nämlich diesmal nur eine Woche bleiben.

Jack: Merriman, lassen Sie unverzüglich den Einspänner vorfahren. Mr. Ernst wurde plötzlich und unerwartet in die Stadt zurückgerufen.

Merriman: Sehr wohl, Sir.

Er geht zurück ins Haus.

ALGERNON: Was bist du doch für ein schrecklicher Lügner, Jack! Ich bin überhaupt nicht in die Stadt zurückgerufen worden.

JACK: O doch.

ALGERNON: Ich habe niemanden rufen hören.

JACK: Deine Verpflichtungen als Gentleman rufen dich zurück.

ALGERNON: Meine Verpflichtungen als Gentleman haben mich nie auch nur im geringsten bei meinen Vergnügungen gestört.

JACK: Das begreife ich sehr wohl.

ALGERNON: Nun, und Cecily ist ein reizendes Geschöpf.

JACK: Sprich nicht in diesem Ton von Miss Cardew. Ich mag das nicht.

ALGERNON: Nun, und ich mag deinen Aufzug nicht. Du siehst absolut lächerlich aus. Warum gehst du nicht auf dein Zimmer und ziehst dich um? Es ist außerordentlich kindisch, tiefe Trauer für einen Mann zu tragen, der in Wirklichkeit eine Woche in deinem Landhaus zu Gast ist. Ich würde das als grotesk bezeichnen.

JACK: Du wirst dich mit Sicherheit keine Woche in meinem Haus aufhalten, weder als Gast noch als sonst was. Du mußt weg – mit dem Zug um fünf nach vier.

ALGERNON: Ich werde dich bestimmt nicht im Stich lassen, solange du in Trauer bist. Das wäre eines Freundes unwürdig. Wenn ich Trauer trüge, würdest du doch auch bei mir bleiben, denke ich mal. Ich fände es jedenfalls höchst unfreundlich, wenn du es nicht tätest.

JACK: Nun gut, wenn ich mich umziehe, gehst du dann?

ALGERNON: Ja, falls es nicht zu lange dauert. Ich kenne niemanden, der zum Ankleiden so lange braucht wie du, und mit so geringem sichtbarem Erfolg.

JACK: Na ja, das ist jedenfalls besser, als ständig übermäßig geckenhaft angezogen zu sein wie du.

ALGERNON: Wenn ich gelegentlich ein wenig zu geckenhaft gekleidet bin, so gleiche ich das damit aus, daß ich mich auch stets übermäßig kultiviert benehme.

JACK: Deine Eitelkeit ist einfach lachhaft, dein Verhalten ist skandalös, und deine Anwesenheit in meinem Garten ist zutiefst absurd. Du darfst den Zug um fünf nach vier nicht verpassen, und ich hoffe, du hast eine angenehme Rückreise in die Stadt. Diese Bunbury-Tour, wie du sie zu nennen pflegst, war wohl kein großer Erfolg.

Er geht ins Haus.

ALGERNON: Ich finde, sie war ein großartiger Erfolg. Ich bin verliebt in Cecily, und das ist das einzig Wichtige. *Cecily taucht hinten im Garten auf. Sie nimmt die Gießkanne und beginnt Blumen zu gießen.* Aber ich muß sie unbedingt noch sprechen, ehe ich wegfahre, und mit ihr eine Verabredung für eine weitere Bunbury-Tour treffen. Ah, da ist sie ja.

CECILY: Oh, ich bin nur zurückgekommen, um die Rosen zu gießen. Ich dachte, Sie wären bei Onkel Jack.

ALGERNON: Der ist weggegangen, um den Einspänner für mich zu bestellen.

CECILY: Oh, er möchte mit Ihnen eine kleine Spazierfahrt machen?

ALGERNON: Nein, er schickt mich fort.

CECILY: Dann müssen wir uns trennen?

ALGERNON: Leider ja. Es ist eine sehr schmerzliche Trennung.

CECILY: Es ist immer schmerzlich, sich von Menschen zu trennen, die man erst kurze Zeit kennt. Die Abwesenheit alter Freunde kann man mit Gleichmut hinnehmen. Aber selbst die kürzeste Trennung von jemandem, dem man soeben erst vorgestellt wurde, ist beinahe unerträglich.

ALGERNON: Danke.

Merriman tritt auf.

MERRIMAN: Der Einspänner ist vorgefahren, Sir.

Algernon blickt Cecily flehentlich an.

CECILY: Er soll ... noch ... fünf Minuten warten, Merriman.

MERRIMAN: Sehr wohl, Miss.

Merriman geht ab.

ALGERNON: Ich hoffe, Cecily, ich trete Ihnen nicht zu nahe, wenn ich Ihnen ganz offen und ehrlich erkläre, daß Sie in meinen Augen in jeder nur möglichen Weise die absolute Vollkommenheit verkörpern.

CECILY: Ich denke, Ihre Offenheit gereicht Ihnen zur Ehre, Ernst. Wenn Sie erlauben, halte ich Ihre Bemerkungen in meinem Tagebuch fest. *Sie geht zum Tisch und fängt an, in ihr Tagebuch zu schreiben.*

ALGERNON: Sie führen wirklich Tagebuch? Ich würde alles darum geben, einen Blick hineinzuwerfen. Darf ich?

CECILY: O nein. *Sie legt die Hand über das Geschriebene.* Es sind nur die Aufzeichnungen eines jungen Mädchens über seine ganz eigenen Gedanken und Eindrücke, daher auf jeden Fall zur Veröffentlichung vorgesehen. Wenn es als Buch herauskommt, hoffe ich, daß Sie ein Exemplar bestellen. Aber bitte, Ernst, fahren Sie nur fort. Ich schreibe zu gern nach Diktat. Ich war gerade bei »absolute Vollkommenheit verkörpern« angelangt. Sie können jetzt weiterreden. Ich bin bereit.

ALGERNON *ein wenig konsterniert*: Ähm! Ähm!

CECILY: Ach, husten Sie nicht, Ernst. Wenn man diktiert, sollte man flüssig sprechen und nicht husten. Außerdem weiß ich nicht, wie ich das Husten buchstabieren soll. *Sie schreibt weiter, während Algernon spricht.*

ALGERNON *spricht sehr rasch*: Cecily, seit ich Ihre seltene und unvergleichliche Schönheit zum erstenmal erblickte, war ich so vermessen, Sie mit wilder Leidenschaft, ergebenst und hoffnungslos zu lieben.

CECILY: Ich glaube nicht, daß Sie mir sagen sollten, daß Sie mich mit wilder Leidenschaft, ergebenst und hoffnungslos lieben. Das Wort »hoffnungslos« ist in unserem Zusammenhang nicht besonders angebracht, oder?

ALGERNON: Cecily!

Merriman tritt auf.

MERRIMAN: Der Einspänner wartet, Sir.

ALGERNON: Sagen Sie ihm, er soll nächste Woche um die gleiche Zeit wiederkommen.

MERRIMAN *schaut zu Cecily, die keinerlei Zeichen gibt*: Sehr wohl, Sir.

Merriman geht ab.

CECILY: Onkel Jack wäre furchtbar wütend, wenn er wüßte, daß Sie bis nächste Woche um die gleiche Zeit bleiben wollen.

ALGERNON: Oh, ich schere mich nicht um Jack. Mir liegt an niemandem auf der ganzen Welt außer an Ihnen. Ich liebe Sie, Cecily. Sie werden mich doch heiraten, nicht wahr?

CECILY: Du dummer Junge! Natürlich. Immerhin sind wir schon seit drei Monaten verlobt.

ALGERNON: Seit drei Monaten?

CECILY: Ja, am Donnerstag sind es genau drei Monate.

ALGERNON: Aber wie ist denn diese Verlobung zustande gekommen?

CECILY: Nun, seit uns der liebe Onkel Jack zum erstenmal gestanden hat, daß er einen jüngeren Bruder hat, der außerordentlich verrucht und liederlich ist, bist du natürlich das wichtigste Gesprächsthema in all meinen Unterhaltungen mit Miss Prism gewesen. Und natürlich ist ein Mann, über den viel geredet wird, immer sehr attraktiv. Man hat das Gefühl, es müßte etwas Besonderes an ihm sein. Ich nehme an, es war ziemlich närrisch, aber ich habe mich in dich verliebt, Ernst.

ALGERNON: Mein Herzensschatz! Und wann genau wurde die Verlobung beschlossen?

CECILY: Am 14. Februar. Da ich von deiner völligen Unkenntnis hinsichtlich meiner Existenz ganz zermürbt war, beschloß ich, der Sache so oder so ein Ende zu machen. Nach langem innerem Ringen nahm ich deinen Antrag an, hier unter diesem lieben alten Baum. Am nächsten Tag habe ich in deinem Namen diesen kleinen Ring gekauft, und das hier ist der Armreif mit dem Liebesknoten. Ich habe dir versprochen, ihn immer und überall zu tragen.

ALGERNON: Das habe ich dir geschenkt? Sehr hübsch, nicht wahr?

CECILY: Ja, du hast einen erlesenen Geschmack, Ernst. Das ist die Entschuldigung, die ich immer dafür geltend gemacht habe, daß du ein solches Lotterleben führst. Hier ist die Schatulle, in der ich alle deine lieben Briefe aufbewahre. *Sie kniet sich an den Tisch, öffnet die Schatulle und bringt mit einem blauen Band zusammengebundene Briefe zum Vorschein.*

ALGERNON: Meine Briefe! Aber meine liebe, süße Cecily, ich habe dir doch nie geschrieben!

CECILY: Daran brauchst du mich nicht zu erinnern, Ernst. Ich weiß nur zu gut, daß ich mich gezwungen sah, all deine Briefe für dich zu schreiben. Ich habe immer dreimal in der Woche geschrieben, manchmal öfter.

ALGERNON: Oh, laß mich die Briefe einmal lesen, Cecily!

CECILY: O nein, das geht wirklich nicht. Das würde dir nur Flausen in den Kopf setzen. *Stellt die Schatulle zurück.* Die drei, die du mir geschrieben hast, nachdem ich die Verlobung gelöst hatte, sind so wunderschön und so voller Rechtschreibfehler, daß ich sie auch jetzt kaum ohne Tränen der Rührung lesen kann.

ALGERNON: Aber wurde unsere Verlobung denn je gelöst?

CECILY: Natürlich. Am 22. März. Du kannst die Eintragung im Tagebuch lesen, wenn du möchtest. *Sie zeigt ihm das Tagebuch.* »Heute habe ich meine Verlobung mit Ernst gelöst. Ich denke, es ist besser so. Das Wetter ist weiterhin zauberhaft.«

ALGERNON: Aber warum um alles in der Welt hast du sie gelöst? Was hatte ich denn verbrochen? Ich hatte doch gar nichts gemacht. Cecily, es verletzt mich bis ins Mark, daß du dich entlobt hast. Und auch noch bei zauberhaftem Wetter.

CECILY: Es wäre ja wohl kaum eine ernstzunehmende Verlobung gewesen, wenn ich sie nicht mindestens einmal gelöst hätte. Aber ich habe dir damals bereits vor Ablauf der Woche wieder verziehen.

ALGERNON *kommt zu ihr herüber und kniet vor ihr nieder*: Was für ein vollkommen engelgleiches Geschöpf du doch bist, Cecily.

CECILY: Du lieber, romantischer Junge! *Er küßt sie, sie streicht ihm mit den Fingern durch das Haar.* Ich hoffe, du hast Naturlocken. Oder etwa nicht?

ALGERNON: Ja, Liebling, mit ein wenig Nachhilfe.

CECILY: Das freut mich so sehr.

ALGERNON: Du wirst unsere Verlobung nie wieder lösen, Cecily?

CECILY: Ich glaube nicht, daß ich das über mich brächte, jetzt, da ich dich endlich kennengelernt habe. Außerdem ist da natürlich auch noch die Sache mit dem Namen.

ALGERNON *nervös*: Ja, natürlich.

CECILY: Du darfst mich nicht auslachen, Schatz, aber es war schon immer mein Mädchentraum, einmal jemanden zu lieben, der Ernst heißt. *Algernon steht auf, Cecily auch.* Der Name hat etwas an sich, das absolutes Vertrauen einflößt. Mir tut jede verheiratete Frau in tiefster Seele leid, deren Mann nicht Ernst heißt.

ALGERNON: Aber, mein liebes Mädchen, willst du etwa behaupten, du könntest mich nicht lieben, wenn ich einen anderen Namen hätte?

CECILY: Aber was für einen denn?

ALGERNON: Ach, irgendeinen, Algernon, zum Beispiel …

CECILY: Aber der Name Algernon gefällt mir überhaupt nicht.

ALGERNON: Nun, mein lieber, süßer, reizender kleiner Schatz, ich verstehe wirklich nicht, was du gegen den Namen Algernon hast. Es ist doch kein schlechter Name. Eigentlich ein wahrhaft aristokratischer Name. Die Hälfte aller Leute, die Bankrott machen, heißen Algernon. Im Ernst, Cecily … *Geht zu ihr hinüber.* Wenn ich Algy hieße, könntest du mich nicht lieben?

CECILY *steht auf*: Ich könnte dich respektieren, Ernst. Ich könnte voller Bewunderung für deinen edlen Charakter sein. Aber ich fürchte, ich könnte dir nicht meine ungeteilte Aufmerksamkeit schenken.

ALGERNON: Hm. Cecily! *Er nimmt seinen Hut.* Ich nehme an, Euer Pfarrer hier besitzt einschlägige Erfahrungen in der Erteilung sämtlicher Sakramente der Kirche?

CECILY: O ja, Dr. Chasuble ist ein sehr gelehrter Herr. Er hat niemals auch nur ein einziges Buch geschrieben. Du kannst dir also vorstellen, wieviel er weiß.

ALGERNON: Ich muß ihn unverzüglich zu einer außerordentlich wichtigen Taufe befragen – ich meine, zu einem äußerst wichtigen Thema.

CECILY: Oh!

ALGERNON: Ich komme spätestens in einer halben Stunde wieder.

CECILY: Wenn man bedenkt, daß wir seit dem 14. Februar verlobt sind und ich dich erst heute zum erstenmal zu Gesicht bekommen habe, empfinde ich es als ungeheuer grausam, daß du mich so lange allein läßt, eine ganze halbe Stunde. Könntest du nicht zwanzig Minuten daraus machen?

ALGERNON: Ich bin im Nu zurück.

Er küßt sie und eilt durch den Garten davon.

CECILY: Was für ein impulsiver Junge er doch ist! Sein Haar gefällt mir sehr. Ich muß seinen Antrag in meinem Tagebuch festhalten.

Merriman tritt auf.

MERRIMAN: Soeben ist Miss Fairfax eingetroffen und möchte Mr. Worthing sprechen. In einer dringenden geschäftlichen Angelegenheit, erklärt Miss Fairfax.

CECILY: Ist Mr. Worthing nicht in der Bibliothek?

MERRIMAN: Mr. Worthing ist bereits vor einiger Zeit in Richtung Pfarrhaus aufgebrochen.

CECILY: Seien Sie so gut, die Dame nach hier draußen zu bitten. Mr. Worthing kommt sicherlich bald wieder zurück. Und, Merriman, Sie können uns Tee bringen.

MERRIMAN: Sehr wohl, Miss.

Merriman geht ins Haus.

CECILY: Miss Fairfax? Das ist wahrscheinlich eine der vielen wohlmeinenden älteren Damen, denke ich, mit denen Onkel Jack bei seiner Arbeit für wohltätige Zwecke in London zu tun hat. Ich mag eigentlich Frauen, die sich für karitative Tätigkeiten interessieren, nicht so sehr. Ich finde sie ziemlich aufdringlich.

Merriman tritt auf.

MERRIMAN: Miss Fairfax.

Gwendolen tritt auf. Merriman geht ab.

CECILY *geht ihr zur Begrüßung entgegen*: Bitte erlauben Sie mir, mich vorzustellen. Ich heiße Cecily Cardew.

GWENDOLEN: Cecily Cardew? *Sie tritt zu ihr herüber und schüttelt ihr die Hand.* Was für ein reizender Name! Ich habe das unbestimmte Gefühl, daß wir bald innige Freundinnen sein werden. Ich mag Sie jetzt schon mehr, als ich sagen kann. Der erste Eindruck, den ich von Menschen habe, täuscht mich nie.

CECILY: Wie nett von Ihnen, mich schon so sehr zu mögen, nachdem wir uns erst verhältnismäßig kurze Zeit kennen. Bitte setzen Sie sich.

GWENDOLEN *noch stehend*: Ich darf Sie doch Cecily nennen, nicht wahr?

CECILY: Mit dem größten Vergnügen!

GWENDOLEN: Und Sie nennen mich Gwendolen, nicht wahr?

CECILY: Wenn Sie möchten.

GWENDOLEN: Dann ist das also geregelt, nicht wahr?

CECILY: Ich hoffe es.

Eine Pause. Sie setzen sich gleichzeitig hin.

GWENDOLEN: Vielleicht wäre dies die passende Gelegenheit, Ihnen zu erklären, wer ich bin. Mein Vater ist Lord Bracknell. Sie haben doch sicher von Papa gehört, nehme ich an?

CECILY: Ich glaube nicht.

GWENDOLEN: Außerhalb des engsten Familienkreises ist Papa, das kann ich zu meiner großen Freude sagen, völlig unbekannt. Ich denke, das sollte auch gar nicht anders sein. Das Heim ist der Wirkungskreis, der dem Manne völlig angemessen ist. Wenn ein Mann einmal beginnt, seine häuslichen Pflichten zu vernachlässigen, wird er furchtbar weibisch, finden Sie nicht auch? Und das mag ich überhaupt nicht. Es macht die Männer so ungeheuer attraktiv. Cecily, meine Mama, die bemerkenswert strenge Erziehungsprinzipien besitzt, hat mich so erzogen, daß ich außerordentlich kurzsichtig bin. Das gehört zu ihrer Methode. Würde es Ihnen etwas ausmachen, wenn ich Sie durch meine Brille betrachte?

CECILY: O nein, überhaupt nicht, Gwendolen. Ich lasse mich sehr gern betrachten.

GWENDOLEN *nachdem sie Cecily sorgfältig mit einem Lorgnon gemustert hat*: Sie sind hier nur für kurze Zeit zu Besuch, nehme ich an.

CECILY: O nein! Ich wohne hier.

GWENDOLEN *streng*: Wirklich? Ihre Mutter oder irgendeine andere weibliche Verwandte fortgeschrittenen Alters wohnt zweifelsohne auch hier?

CECILY: O nein! Ich habe keine Mutter, eigentlich überhaupt keine Verwandten.

GWENDOLEN: Tatsächlich?

CECILY: Mein lieber Vormund hat mit Hilfe von Miss Prism die beschwerliche Aufgabe, sich um mich zu kümmern.

GWENDOLEN: Ihr Vormund?

CECILY: Ja, ich bin Mr. Worthings Mündel.

GWENDOLEN: Oh! Wie seltsam, daß er mir gegenüber niemals ein Mündel erwähnt hat. Wie geheimnistuerisch von ihm! Er wird von Stunde zu Stunde interessanter. Ich bin jedoch nicht sicher, ob diese Mitteilung in mir Gefühle ungetrübten Glücks hervorruft. *Sie steht auf und geht zu Cecily hinüber.* Ich mag Sie sehr, Cecily. Ich mag Sie, seit ich Sie kennengelernt habe! Aber ich sehe mich doch gezwungen, Ihnen mitzuteilen, daß ich jetzt, da ich weiß, daß Sie Mr. Worthings Mündel sind, mir die Bemerkung nicht verkneifen kann, ich wünschte, Sie wären – nun ja, ein klein wenig älter, als Sie erscheinen – und von nicht ganz so ansprechendem Äußeren. Um aufrichtig zu sein …

CECILY: Bitte, seien Sie das! Ich denke, wenn man etwas Unangenehmes zu sagen hat, sollte man immer völlig aufrichtig sein.

GWENDOLEN: Nun, um völlig aufrichtig zu sein, Cecily, wünschte ich mir, Sie wären zweiundvierzig und überdurchschnittlich häßlich für Ihr Alter. Ernst hat einen starken, aufrichtigen Charakter. Er ist die Verkörperung von Wahrheit und Ehre. Untreue und Täuschung wären ihm gleichermaßen unmöglich. Aber selbst Männer von edelster moralischer Natur sind außerordentlich empfänglich für den Einfluß körperlicher Reize. Die neuere Geschichte liefert uns – ebenso wie übrigens die Antike – viele außerordentlich schmerzliche Beispiele für das von mir erwähnte Problem. Sonst wäre ja auch die Geschichtsschreibung völlig ungenießbar.

CECILY: Ich bitte um Verzeihung, Gwendolen, haben Sie gerade Ernst gesagt?

GWENDOLEN: Ja.

CECILY: Oh, aber mein Vormund ist nicht Mr. Ernst Worthing. Es ist sein Bruder, sein älterer Bruder.

GWENDOLEN *setzt sich wieder*: Ernst hat mir gegenüber nie einen älteren Bruder erwähnt.

CECILY: Leider muß ich sagen, daß ihr Verhältnis schon seit längerer Zeit getrübt ist.

GWENDOLEN: Ah, das erklärt alles. Und wenn ich es mir recht überlege, erwähnt ja eigentlich nie jemand seinen

Bruder. Das Thema scheint den meisten Männern unangenehm zu sein. Cecily, Sie haben mir einen gewaltigen Stein vom Herzen genommen. Ich habe mir schon ernstlich Sorgen gemacht. Es wäre furchtbar gewesen, wenn eine so schwarze Wolke sich über eine Freundschaft wie die unsere gebreitet hätte, nicht wahr? Natürlich sind Sie sich ganz sicher, daß nicht Mr. Ernst Worthing Ihr Vormund ist?

CECILY: Ganz sicher. *Pause.* Offen gestanden, ich werde schon bald die Seine.

GWENDOLEN *interessiert*: Verzeihung?

CECILY *recht schüchtern und im Vertrauen*: Liebste Gwendolen, es gibt eigentlich keinen Grund, warum ich Ihnen gegenüber ein großes Geheimnis daraus machen sollte. Unser kleines Lokalblatt wird es sicherlich nächste Woche ohnehin vermelden. Mr. Ernst Worthing und ich sind verlobt.

GWENDOLEN *ausgesucht höflich, während sie sich erhebt*: Meine liebste Cecily, ich glaube, da liegt ein kleines Mißverständnis vor. Mr. Ernst Worthing ist mit mir verlobt. Die Ankündigung erscheint spätestens am Samstag in der »Morning Post«.

CECILY *außerordentlich höflich, während sie sich erhebt*: Ich fürchte, Sie befinden sich im Irrtum. Ernst hat mir vor genau zehn Minuten einen Heiratsantrag gemacht. *Sie zeigt ihr das Tagebuch.*

GWENDOLEN *untersucht das Tagebuch sorgfältig durch ihr Lorgnon*: Das ist wirklich seltsam, denn er hat mich gestern nachmittag um 17.30 Uhr gebeten, seine Frau zu werden. Wenn Sie den Eintrag überprüfen möchten, bitte, tun Sie es. *Sie zieht ihr eigenes Tagebuch hervor.* Ich reise nie ohne mein Tagebuch. Man sollte in der Eisenbahn stets eine sensationelle Lektüre mit sich führen. Es betrübt mich wirklich von Herzen, liebste Cecily, wenn Ihnen dies Enttäuschung bereitet, aber ich fürchte, ich habe die älteren Ansprüche.

CECILY: Es würde mich mehr quälen, als ich Ihnen sagen kann, liebste Gwendolen, wenn es Ihnen geistige oder körperliche Pein bereitet, aber ich fühle mich verpflichtet, Sie darauf hinzuweisen, daß Ernst, seit er Ihnen seinen Antrag machte, seine Meinung eindeutig geändert hat.

GWENDOLEN *nachdenklich*: Wenn der arme Mann so unvorsichtig war, sich zu irgendwelchen törichten Versprechungen verleiten zu lassen, dann halte ich es für meine Pflicht, ihn unverzüglich mit fester Hand zu retten.

CECILY *nachdenklich und traurig*: Wie sehr sich mein armer Junge auch in unglückselige Verirrungen verstrickt haben mag, ich werde ihm deswegen keinerlei Vorwürfe machen, wenn wir erst verheiratet sind.

GWENDOLEN: Wollen Sie, Miss Cardew, mit diesen Worten andeuten, ich sei eine unglückselige Verirrung? Welche Vermessenheit! Bei einem Anlaß wie dem diesen ist es nicht nur eine moralische Pflicht, unverblümt zu sagen, was man denkt, sondern das reinste Vergnügen!

CECILY: Wollen Sie, Miss Fairfax, andeuten, daß ich Ernst mit List zu einer Verlobung verleitet hätte? Wie können

Sie es wagen? Jetzt ist der Augenblick gekommen, die trügerische Maske guter Manieren fallen zu lassen. Ich pflege das Kind beim Namen zu nennen.

GWENDOLEN *ironisch*: Ich kann mit Genugtuung von mir sagen, daß ich noch nie in der mißlichen Lage war, ein Kind benennen zu müssen. Es wird offenbar, daß die gesellschaftlichen Kreise, in denen wir verkehren, doch sehr unterschiedlich sind.

Merriman erscheint, gefolgt von einem Diener. Er trägt einen Servierteller, ein Tischtuch und einen Kuchenständer. Cecily will gerade eine giftige Antwort geben. Die Anwesenheit der Bediensteten gebietet jedoch Mäßigung, was beide Damen nur noch mehr aufbringt.

MERRIMAN: Soll ich wie immer hier zum Tee decken, Miss?

CECILY *ernst, mit ruhiger Stimme*: Ja, wie immer.

Merriman beginnt den Tisch abzuräumen und legt das Tischtuch auf. Lange Pause. Cecily und Gwendolen werfen sich bitterböse Blicke zu.

GWENDOLEN: Kann man in der Umgebung viele interessante Spaziergänge machen, Miss Cardew?

CECILY: O ja, sehr viele! Vom Gipfel eines Hügels ganz hier in der Nähe kann man fünf Grafschaften sehen.

GWENDOLEN: Fünf Grafschaften! Ich glaube nicht, daß mir das gefallen würde. Ich hasse Menschenmengen.

CECILY *zuckersüß*: Wahrscheinlich leben Sie deswegen in der Stadt?

Gwendolen beißt sich auf die Lippe und klopft sich nervös mit dem Sonnenschirm an den Fuß.

GWENDOLEN *schaut sich um*: Sie haben ja hier einen recht ordentlich gepflegten Garten, Miss Cardew.

CECILY: Es freut mich, daß er Ihnen gefällt, Miss Fairfax.

GWENDOLEN: Ich wußte gar nicht, daß es auch auf dem Land Blumen gibt.

CECILY: O doch, Blumen sind hier nichts Ungewöhnliches. Sie sind bei uns so gewöhnlich wie in der Stadt die Menschen.

GWENDOLEN: Ich persönlich habe ja nie verstanden, wie irgend jemand es aushält, auf dem Land zu leben, falls überhaupt jemand, der wirklich jemand ist, auf dem Lande lebt. Das Land langweilt mich immer zu Tode.

CECILY: Ah, das nennen die Zeitungen wohl landwirtschaftliche Depression, nicht wahr? Ich denke, darunter leidet im Augenblick ganz besonders der Adel. Es ist beinahe eine Epidemie in diesen Kreisen, habe ich sagen hören. Darf ich Ihnen einen Tasse Tee anbieten, Miss Fairfax?

GWENDOLEN *ausgesucht höflich*: Danke. *Beiseite*: Abscheuliches Geschöpf! Aber ich brauche dringend einen Schluck Tee.

CECILY *zuckersüß*: Zucker?

GWENDOLEN *hochmütig*: Nein, danke. Zucker gilt nicht mehr als elegant. *Cecily schaut sie wütend an, nimmt die Zuckerzange und gibt vier Stück Würfelzucker in die Tasse.*

CECILY *streng*: Kuchen oder Brot mit Butter?

GWENDOLEN *gelangweilt*: Brot mit Butter, bitte. In den besten Häusern reicht man heute kaum noch Kuchen.

CECILY *schneidet ein sehr großes Stück Kuchen ab und legt es auf das Tablett*: Geben Sie das bitte Miss Fairfax.

Merriman tut es und geht mit dem Diener zurück ins Haus. Gwendolen trinkt den Tee und zieht eine Grimasse. Sie stellt sofort die Tasse wieder hin, streckt die Hand nach dem Brot mit Butter aus, schaut hin und stellt fest, daß es Kuchen ist. Erhebt sich empört.

GWENDOLEN: Sie haben mir unzählige Zuckerstücke in den Tee gegeben, und obwohl ich deutlich um Brot mit Butter gebeten habe, reichten Sie mir Kuchen. Ich bin für meinen sanftmütigen Charakter bekannt und für meine außerordentlich freundliche Wesensart, aber ich warne Sie, Miss Cardew, gehen Sie nicht zu weit.

CECILY *erhebt sich*: Es gäbe nichts, was ich nicht täte, um meinen armen, unschuldigen, vertrauensseligen Jungen vor den Machenschaften einer anderen zu retten.

GWENDOLEN: Vom ersten Augenblick an, da ich Sie zu Gesicht bekam, habe ich Ihnen mißtraut. Ich hatte von Anfang an das Gefühl, daß Sie falsch und hinterhältig sind. Und in derlei Dingen irre ich mich nie. Der erste Eindruck, den ich von Menschen habe, täuscht mich nie.

CECILY: Mir scheint, Miss Fairfax, ich habe Ihre wertvolle Zeit schon viel zu lange in Anspruch genommen. Zweifellos haben Sie in der Nachbarschaft noch viele andere Besuche ähnlicher Natur abzustatten.

Jack tritt auf.

GWENDOLEN *erblickt ihn*: Ernst, mein lieber, lieber Ernst!

JACK: Gwendolen! Liebling! *Er macht Anstalten, sie zu küssen.*

GWENDOLEN *weicht vor ihm zurück*: Einen Augenblick noch! Darf ich dich fragen, ob du mit dieser jungen Dame verlobt bist? *Sie zeigt auf Cecily.*

JACK *lacht*: Mit der lieben kleinen Cecily? Natürlich nicht! Wer hat dir denn das in den Kopf gesetzt?

CECILY *sehr freundlich*: Ich wußte doch, daß es alles auf einem Mißverständnis beruht, Miss Fairfax. Der Herr, der im Augenblick die Arme um Ihre Taille geschlungen hat, ist mein lieber Vormund, Mr. John Worthing!

GWENDOLEN: Verzeihung?

CECILY: Das ist Onkel Jack.

GWENDOLEN *weicht zurück*: Jack! Oh!

Algernon tritt auf.

CECILY: Hier kommt nun Ernst.

ALGERNON *geht schnurstracks zu Cecily, ohne sonst jemanden wahrzunehmen*: Meine Liebste! *Er macht Anstalten, sie zu küssen.*

CECILY *weicht zurück*: Einen Augenblick, Ernst! Darf ich dich fragen – bist du mit dieser jungen Dame verlobt?

ALGERNON *sieht sich um*: Mit welcher jungen Dame? Großer Gott! Gwendolen!

CECILY: Ja, mit Großer Gott Gwendolen, ich meine mit Gwendolen.

ALGERNON *lacht*: Natürlich nicht! Wer hat dir denn das in den Kopf gesetzt?

CECILY: Danke. *Sie hält ihm die Wange zum Kuß hin.* Jetzt darfst du. *Algernon küßt sie.*

GWENDOLEN: Ich hatte doch gleich das Gefühl, daß ein kleiner Irrtum vorlag, Miss Cardew. Der Herr, der Sie gerade umarmt, ist mein Cousin, Mr. Algernon Moncrieff.

CECILY *löst sich von Algernon*: Algernon Moncrieff! Oh!

Die beiden jungen Frauen gehen auf einander zu und fassen sich wie zum Schutz um die Taille.

CECILY: Du heißt Algernon?

ALGERNON: Ich kann es nicht leugnen.

CECILY: Oh!

GWENDOLEN: Und dein Name ist wirklich John?

JACK *recht stolz*: Ich könnte das leugnen, wenn ich wollte. Ich könnte alles leugnen, wenn ich wollte. Aber mein Name ist ganz gewiß John. Schon seit Jahren.

CECILY *zu Gwendolen*: Wir beide sind aufs hinterhältigste betrogen worden.

GWENDOLEN: Meine arme, verletzte Cecily!

CECILY: Meine süße, verratene Gwendolen!

GWENDOLEN *langsam und ernst*: Wollen Sie mich Schwester nennen, Cecily?

Sie umarmen einander. Jack und Algernon stöhnen auf und gehen auf und ab.

CECILY *recht fröhlich*: Nur eine Frage würde ich meinem Vormund gern noch stellen dürfen.

GWENDOLEN: Eine bewundernswerte Idee! Mr. Worthing, auch ich habe nur eine Frage, die ich mir gern erlauben würde, Ihnen zu stellen. Wo ist Ihr Bruder Ernst? Wir sind beide mit Ihrem Bruder Ernst verlobt, also ist es für uns von einem gewissen Interesse, den gegenwärtigen Aufenthaltsort von Ernst zu erfahren.

JACK *langsam und zögerlich*: Gwendolen – Cecily – es schmerzt mich außerordentlich, daß ich mich jetzt gezwungen sehe, die Wahrheit zu sagen. Es ist das erste Mal in meinem Leben, daß ich mich in dieser mißlichen Lage befinde, und ich habe wirklich keinerlei Erfahrung damit. Ich muß Ihnen jedoch offen und ehrlich mitteilen, daß ich keinen Bruder Ernst besitze. Ich habe überhaupt keinen Bruder. Ich hatte in meinem Leben noch nie einen Bruder, und ich hege ganz gewiß auch nicht die geringste Absicht, mir in Zukunft einen zuzulegen.

CECILY *überrascht*: Überhaupt keinen Bruder?

JACK *fröhlich*: Keinen!

GWENDOLEN *streng*: Sie hatten niemals einen Bruder irgendeiner Art?

JACK *freundlich*: Nie. Nicht einmal irgendeiner Art.

GWENDOLEN: Dann ist leider eines glasklar, Cecily, nämlich, daß keine von uns beiden mit irgend jemandem verlobt ist.

CECILY: Das ist keine angenehme Lage für ein junges Mädchen, vor allem, da es alles so plötzlich kommt, nicht wahr?

GWENDOLEN: Wir wollen ins Haus gehen. Die beiden werden es ja wohl kaum wagen, uns zu folgen.

CECILY: Nein. Männer sind solche Feiglinge, nicht?

Sie ziehen sich mit verächtlichen Blicken ins Haus zurück.

JACK: Diese grauenhafte Verwicklung ist wohl das, was du unter einer Bunbury-Tour verstehst, nehme ich an?

ALGERNON: Ja, und dazu noch eine ganz wunderbare Bunbury-Tour! Die wunderbarste, die ich je gemacht habe!

JACK: Du hast kein Recht, deine Bunbury-Touren hierher zu machen.

ALGERNON: Das ist doch völlig absurd. Diese Touren kann man machen, wohin man will. Das weiß nun wirklich jeder ernsthafte Bunbury-Jünger.

JACK: Ernsthafter Bunbury-Jünger, großer Gott!

ALGERNON: Irgend etwas muß man ja ernsthaft betreiben, wenn man ein bißchen Spaß im Leben haben will. Ich bin zufällig ein ernsthafter Bunbury-Jünger. Ich habe nicht die geringste Ahnung, was um alles in der Welt du ernst nimmst. Alles wahrscheinlich, denke ich mir. Du bist eben eine durch und durch oberflächliche Person.

JACK: Nun, die einzige Befriedigung, die mir diese ganze elende Angelegenheit schenkt, besteht darin, daß dein guter Freund Bunbury nun endlich wirklich und wahrhaftig aufgeflogen ist. Jetzt kannst du dich nicht mehr ganz so oft wie sonst aufs Land verziehen, Algy. Und das ist gut so.

ALGERNON: Dein Bruder ist ebenfalls ein bißchen blaß um die Nase, oder nicht, mein lieber Jack? Du kannst auch nicht mehr so oft nach London verschwinden, wie es sonst deine verruchte Gewohnheit war. Ebenfalls keine schlechte Entwicklung.

JACK: Was dein Verhalten Miss Cardew gegenüber anbetrifft, so muß ich schon sagen, daß es wirklich unverzeihlich ist, wie du dieses reizende, schlichte, unschuldige Mädchen an der Nase herumgeführt hast. Ganz zu schweigen davon, daß sie mein Mündel ist.

ALGERNON: Ich kann beim besten Willen keine Entschuldigung dafür finden, daß du eine glänzende, intelligente und durch und durch erfahrene junge Dame wie Miss Fairfax hintergangen hast. Ganz zu schweigen davon, daß sie meine Cousine ist.

JACK: Ich wollte mich mit Gwendolen verloben, sonst nichts. Ich liebe sie.

ALGERNON: Nun, und ich wollte mich einfach mit Cecily verloben. Ich bete sie an.

JACK: Es besteht sicherlich nicht die geringste Chance, daß du Miss Cardew heiratest.

ALGERNON: Ich halte es auch nicht für sehr wahrscheinlich, daß du, Jack, und Miss Fairfax im Ehestand vereint werdet.

JACK: Das ist überhaupt nicht deine Angelegenheit.

ALGERNON: Wenn es meine Angelegenheit wäre, würde ich nicht darüber reden. *Er fängt an, Muffins zu essen.* Ich finde es sehr vulgär, über eigene Angelegenheiten zu sprechen. Nur Börsenmakler und solche Leute tun das, und dann auch nur bei Einladungen zum Dinner.

JACK: Wie du hier sitzen und in aller Seelenruhe Muffins essen kannst, während wir in diesen schrecklichen Schwierigkeiten stecken, ist mir schleierhaft. Du scheinst ja völlig herzlos zu sein.

ALGERNON: Nun, aufgeregt kann ich keine Muffins essen. Ich würde nämlich meine Manschetten mit Butter bekleckern. Man sollte Muffins stets in aller Seelenruhe essen. Anders geht es gar nicht.

JACK: Ich muß schon sagen, ich finde es herzlos, daß du unter diesen Umständen überhaupt Muffins essen kannst.

ALGERNON: Wenn ich in Schwierigkeiten stecke, dann ist Essen das einzige, was mich trösten kann. Wenn ich in wirklich großen Schwierigkeiten stecke, und das kann dir jeder, der mich gut kennt, bestätigen, dann verweigere ich alles außer Essen und Trinken. Im gegenwärtigen Augenblick esse ich Muffins, weil ich unglücklich bin. Außerdem habe ich eine ganz besondere Schwäche für Muffins. *Er steht auf.*

JACK *steht auch auf*: Es gibt keinen Grund, warum du sie alle allein und noch dazu mit solcher Gier essen solltest. *Er nimmt Algernon die Muffins weg.*

ALGERNON *bietet ihm Teekuchen an*: Ich wünschte, du würdest statt dessen Teekuchen essen. Teekuchen mag ich nicht.

JACK: Großer Gott! Ein Mann wird doch wohl in seinem eigenen Garten noch seine eigenen Muffins essen dürfen!

ALGERNON: Aber du hast gerade selbst gesagt, es sei völlig herzlos, Muffins zu essen.

JACK: Ich habe gesagt, es sei unter den gegebenen Umständen herzlos von dir. Das ist etwas ganz anderes.

ALGERNON: Das mag ja sein. Aber es sind dieselben Muffins. *Er nimmt Jack die Schale mit den Muffins wieder ab.*

JACK: Algy, ich wünschte von ganzem Herzen, du würdest endlich verschwinden.

ALGERNON: Du kannst mich doch unmöglich ohne Abendessen wegschicken. Das ist absurd. Ich verzichte nie auf mein Abendessen. Niemand tut das, mit Ausnahme von Vegetariern und anderen Spinnern. Außerdem habe ich gerade mit Dr. Chasuble ausgemacht, daß ich um Viertel vor sechs auf den Namen Ernst getauft werde.

JACK: Mein lieber Freund, je früher du dir diesen Unsinn aus dem Kopf schlägst, desto besser. Ich habe bereits heute morgen mit Dr. Chasuble verabredet, daß er mich um 17.30 Uhr tauft. Und natürlich wähle ich den Namen Ernst. So würde es Gwendolen wollen. Wir können unmöglich beide auf den Namen Ernst getauft werden. Das wäre absurd. Außerdem habe ich das Recht, getauft zu werden, wann immer ich es wünsche. Es gibt keinen Nachweis, daß ich je von irgend jemandem getauft wurde. Ich halte es für außerordentlich wahrscheinlich, daß dies tatsächlich nicht der Fall war. Dr. Chasuble schließt sich meiner Meinung an. Bei dir liegen die Dinge ganz anders. Du bist schon getauft.

ALGERNON: Ja, aber schon seit Jahren nicht mehr.

JACK: Ja, aber du bist getauft. Darauf kommt es an.

ALGERNON: Genau. So weiß ich nämlich, daß mein Körper dergleichen aushalten kann. Wenn du nicht ganz sicher bist, ob du überhaupt schon einmal getauft wurdest, dann muß ich dir sagen, daß ich es ziemlich gefährlich finde, sich jetzt auf so ein Wagnis einzulassen. Die Sache könnte dich zu sehr mitnehmen. Du hast doch wohl nicht vergessen, daß jemand, der in einem engen Verwandtschaftsverhältnis zu dir steht, diese Woche in Paris beinahe einer schweren Erkältung erlegen wäre?

JACK: Ja, aber du selbst hast doch behauptet, daß schwere Erkältungen nicht erblich sind.

ALGERNON: Früher nicht, ich weiß, aber ich muß leider feststellen, inzwischen eben doch. Die Naturwissenschaft macht immer wieder wunderbare Fortschritte.

JACK *nimmt die Schüssel mit den Muffins*: Ach, das ist doch Unsinn, du redest ständig Unsinn.

ALGERNON: Jack, du machst dich schon wieder über die Muffins her! Ich wünschte, du würdest das seinlassen. Es sind nur noch zwei da. *Er nimmt sie sich.* Ich habe dir doch gesagt, daß ich eine ganz besondere Schwäche für Muffins habe.

JACK: Und ich hasse Teekuchen.

ALGERNON: Warum um alles in der Welt läßt du es dann zu, daß man ihn deinen Gästen vorsetzt! Was für seltsame Vorstellungen von Gastfreundschaft du hast!

JACK: Algernon! Ich habe dich bereits aufgefordert, endlich zu gehen. Ich wünsche es nicht, daß du dich in diesem Hause aufhältst. Warum verschwindest du nicht endlich?

ALGERNON: Ich habe meinen Tee noch nicht ganz ausgetrunken. Und es ist ja auch noch ein Muffin da.

Jack stöhnt auf und sinkt auf einen Stuhl. Algernon ißt weiter.

Vorhang

Dritter Akt

Salon im Herrenhaus. Gwendolen und Cecily stehen am Fenster und schauen in den Garten hinaus.

GWENDOLEN: Daß sie uns nicht sofort ins Haus gefolgt sind, wie das jeder sonst getan hätte, scheint mir doch anzudeuten, daß sie zumindest noch einen kleinen Rest Schamgefühl besitzen.

CECILY: Sie essen Muffins. Das sieht mir ganz nach reuiger Zerknirschung aus.

Pause.

GWENDOLEN: Sie scheinen uns gar nicht zu bemerken. Könnten Sie nicht husten?

CECILY: Aber ich habe doch gar keinen Husten.

GWENDOLEN: Sie schauen zu uns herüber. Was für eine Unverfrorenheit!

CECILY: Sie kommen her. Das ist ja wirklich unverschämt!

GWENDOLEN: Wir wollen würdevolles Schweigen wahren.

CECILY: Gewiß. Das ist das einzige, was sich jetzt anbietet.

Jack tritt ein, gefolgt von Algernon. Sie pfeifen einen schrecklichen Gassenhauer aus einer britischen Oper.

GWENDOLEN: Unser würdevolles Schweigen scheint außerordentlich unangenehme Nebenwirkungen hervorzurufen.

CECILY: Äußerst widerwärtige.

GWENDOLEN: Aber wir reden nicht als erste.

CECILY: Ganz gewiß nicht.

GWENDOLEN: Mr. Worthing, ich habe Ihnen eine ganz spezielle Frage zu stellen. Von Ihrer Antwort hängt ungeheuer viel ab.

CECILY: Gwendolen, Ihr gesunder Menschenverstand ist unübertroffen. Mr. Moncrieff, hätten Sie die Freundlichkeit, mir die folgende Frage zu beantworten? Warum haben Sie sich als der Bruder meines Vormunds ausgegeben?

ALGERNON: Damit ich Gelegenheit bekommen würde, Sie kennenzulernen.

CECILY *zu Gwendolen*: Diese Erklärung erscheint mir sehr einleuchtend. Was meinen Sie?

GWENDOLEN: Ja, meine Liebe, wenn Sie ihm Glauben schenken können.

CECILY: Das kann ich nicht. Aber es nimmt seiner Antwort nicht ihre wunderbare Schönheit.

GWENDOLEN: Das stimmt. In Angelegenheiten von höchster Bedeutung kommt es vor allem auf den Stil an, nicht auf die Wahrheit. Mr. Worthing, welche Erklärung können Sie mir dafür anbieten, daß Sie vorgaben, einen Bruder zu besitzen? Wollten Sie sich vielleicht auf diese Weise die Gelegenheit verschaffen, so oft wie möglich in die Stadt zu kommen und mich zu sehen?

JACK: Hegen Sie daran irgendeinen Zweifel, Miss Fairfax?

GWENDOLEN: Ich hege tiefste Zweifel. Aber ich beabsichtige sie zu unterdrücken. Jetzt ist keine Zeit für teutonische Skepsis. *Geht hinüber zu Cecily.* Die Erklärungen klingen doch recht plausibel, insbesondere die von Mr. Worthing. Seine Worte scheinen mir von tiefer Wahrheitsliebe geprägt.

CECILY: Ich hingegen bin eher mit dem zufrieden, was Mr. Moncrieff vorgebracht hat. Allein seine Stimme flößt mir absolutes Vertrauen ein.

GWENDOLEN: Dann meinen Sie also, wir sollten den beiden vergeben?

CECILY: Ja. Äh, ich meine: nein!

GWENDOLEN: Richtig, das hatte ich völlig vergessen. Hier geht es um Prinzipien, die man nicht preisgeben darf. Wer von uns sagt es ihnen? Wahrhaftig keine beneidenswerte Aufgabe.

CECILY: Könnten wir nicht beide gleichzeitig sprechen?

GWENDOLEN: Ein hervorragender Gedanke! Ich spreche beinahe immer zur gleichen Zeit wie andere Leute. Dürfte ich Ihnen den Einsatz geben?

CECILY: Sicherlich. *Gwendolen schlägt mit erhobenem Finger den Takt.*

GWENDOLEN UND CECILY *gleichzeitig*: Eure Vornamen sind immer noch ein unüberwindliches Hindernis. Das wäre alles!

JACK UND ALGERNON *gleichzeitig*: Unsere Vornamen? Ist das alles? Aber wir lassen uns doch heute nachmittag taufen!

GWENDOLEN *zu Jack*: Um meinetwillen wärst du bereit, so etwas Schreckliches zu machen?

JACK: Jawohl.

CECILY *zu Algernon*: Nur um mir einen Gefallen zu tun, würdest du dich dieser entsetzlichen Tortur unterziehen?

ALGERNON: Jawohl!

GWENDOLEN: Wie absurd doch das Geschwätz von der Gleichheit der Geschlechter ist! Wenn es um Aufopferungsbereitschaft geht, sind uns die Männer haushoch überlegen.

JACK: Jawohl! *Er schüttelt Algernon die Hand.*

CECILY: Sie legen zuweilen einen Löwenmut an den Tag, von dem wir schwachen Frauen nicht die geringste Ahnung haben.

GWENDOLEN *zu Jack*: Liebster!

ALGERNON *zu Cecily*: Liebste! *Sie fallen einander in die Arme.*

Merriman tritt auf. Angesichts der delikaten Situation hüstelt er beim Eintreten laut.

MERRIMAN: Hm! Hm! Lady Bracknell.

JACK: Großer Gott!

Lady Bracknell tritt auf. Die Paare fahren erschrocken auseinander.
Merriman geht ab.

LADY BRACKNELL: Gwendolen! Was hat das zu bedeuten?

GWENDOLEN: Nur, daß ich mit Mr. Worthing verlobt bin, Mama.

LADY BRACKNELL: Komm sofort hierher. Setz dich. Unverzüglich! Bei jungen Leuten ist Zögern jedweder Art ein sicheres Zeichen für geistigen Verfall, bei alten für körperliche Schwäche. *Sie wendet sich Jack zu.* Nachdem mich ihre getreue Zofe, deren Vertrauen ich mir mit einer kleinen Münze erkaufen konnte, von der überstürzten Abreise meiner Tochter in Kenntnis gesetzt hatte, folgte ich ihr sofort mit dem nächsten Güterzug. Ihr unglückseliger Vater steht, das freut mich zu sagen, noch unter dem Eindruck, sie nehme an einer ungewöhnlich ausgedehnten Vorlesung über die Auswirkung eines geregelten Einkommens auf das Denken teil. Ich habe nicht die Absicht, ihm in diesem Punkt reinen Wein einzuschenken. Ich habe ihm noch nie in irgendeiner Frage reinen Wein eingeschenkt. Ich würde das nicht für angebracht halten. Aber Sie verstehen natürlich, daß jegliche Kommunikation zwischen Ihnen und meiner Tochter unverzüglich aufzuhören hat. In dieser Sache bin ich, wie in allen anderen Sachen, unbeugsam.

JACK: Ich bin mit Gwendolen verlobt, Lady Bracknell!

LADY BRACKNELL: Sie sind nichts dergleichen, Sir. Und nun zu Algernon. Algernon!

ALGERNON: Ja, Tante Augusta!

LADY BRACKNELL: Dürfte ich erfahren, ob dies die Residenz deines kränkelnden Freundes Mr. Bunbury ist?

ALGERNON *stammelt*: O nein! Bunbury lebt nicht hier. Bunbury ist gegenwärtig anderswo. Anders ausgedrückt, Bunbury ist tot.

Lady Bracknell: Tot! Wann ist Mr. Bunbury gestorben? Der Tod muß ihn ja sehr plötzlich ereilt haben.

Algernon *leichthin*: Oh, ich habe Bunbury heute nachmittag umgebracht. Ich meine, der arme Bunbury ist heute nachmittag gestorben.

Lady Bracknell: Woran?

Algernon: Bunbury? Ach, er ist plötzlich aufgeflogen.

Lady Bracknell: Aufgeflogen! Explodiert! Ist er einem revolutionären Anschlag zum Opfer gefallen? Mir war nicht bekannt, daß sich Mr. Bunbury für Sozialgesetzgebung interessiert hat. In diesem Falle hätte ihn nur die gerechte Strafe für seine Krankhaftigkeit ereilt.

Algernon: Meine liebe Tante Augusta, ich meinte damit, daß man ihm auf die Schliche gekommen ist. Die Ärzte haben herausgefunden, daß er nicht weiterleben konnte, das meine ich – und also ist Bunbury gestorben.

Lady Bracknell: Er scheint sehr große Stücke auf die Meinung seiner Ärzte gehalten zu haben. Es freut mich jedoch, daß er sich endlich entschlossen hat, ein bestimmtes Ziel zu verfolgen, und das mit angemessener ärztlicher Begleitung. Und jetzt, da wir diesen Mr. Bunbury endlich losgeworden sind, dürfte ich wohl erfahren, Mr. Worthing, wer die junge Person ist, deren Hand mein Neffe Algernon in einer Art und Weise hält, die mir außerordentlich überflüssig erscheint?

Jack: Die junge Dame ist Miss Cecily Cardew, mein Mündel. *Lady Bracknell verneigt sich kühl in Richtung Cecily.*

Algernon: Ich bin mit Cecily verlobt, Tante Augusta.

LADY BRACKNELL: Wie bitte?

CECILY: Mr. Moncrieff und ich sind verlobt, Lady Bracknell.

LADY BRACKNELL *schaudert leicht, geht zum Sofa hinüber und setzt sich*: Ich weiß ja nicht, ob in diesem speziellen Teil von Hertfordshire irgend etwas besonders Erregendes in der Luft liegt, aber die Anzahl der hier geschlossenen Verlobungen scheint mir beträchtlich über dem angemessenen Mittelwert zu liegen, den uns die Statistik als Richtlinie vorgibt. Ich denke, einige vorläufige Erkundigungen meinerseits wären durchaus nicht unangebracht. Mr. Worthing, steht Miss Cardew in irgendeiner Beziehung zu einem der größeren Bahnhöfe Londons? Ich frage nur interessehalber. Bis gestern war mir nämlich noch völlig unbekannt, daß es überhaupt Familien oder Personen gibt, deren Herkunft ein Kopfbahnhof ist. *Jack blickt ungeheuer wütend, beherrscht sich aber.*

JACK *mit klarer, kalter Stimme*: Miss Cardew ist die Enkelin des verstorbenen Mr. Thomas Cardew, wohnhaft in 149 Belgrave Square, S.W, in Gervase Park, Dorking, Surrey und in The Sporran, Fifeshire, N.B.

LADY BRACKNELL: Das klingt nicht schlecht. Drei Adressen flößen immer Vertrauen ein, sogar Krämern. Aber welche Beweise habe ich für ihre Echtheit?

JACK: Ich habe die Hofalmanache jener Zeit sorgsam aufbewahrt. Sie stehen Ihnen jederzeit zur Einsichtnahme zur Verfügung, Lady Bracknell.

LADY BRACKNELL *finster*: Mir sind in dieser Publikation schon die seltsamsten Fehler untergekommen.

JACK: Die Anwälte von Miss Cardews Familie sind die Herren Markby, Markby und Markby.

LADY BRACKNELL: Markby, Markby und Markby? Eine Kanzlei von höchstem Rang in ihrem Berufsstand. Man hat mir erzählt, daß einer der Mr. Markbys sogar gelegentlich bei Dinners anzutreffen ist. Bisher erscheint mir alles zufriedenstellend.

JACK *äußerst gereizt*: Wie außerordentlich zuvorkommend von Ihnen, Lady Bracknell! In meinem Besitz befinden sich außerdem, was Sie sicherlich freuen wird, Urkunden über Miss Cardews Geburt, Taufe, Keuchhusten, standesamtliche Registrierung, Impfungen, Konfirmation, Masern, Windpocken und Röteln.

LADY BRACKNELL: Ah, ich verstehe, ein außerordentlich ereignisreiches Leben. Wenn auch vielleicht ein wenig zu hektisch für ein junges Mädchen. Ich bin gar nicht dafür, daß man in so jungen Jahren bereits so viele Erfahrungen sammelt. *Sie steht auf und schaut auf die Uhr.* Gwendolen! Die Stunde unserer Abreise naht. Wir haben keinen Augenblick mehr zu verlieren. Nur der Form halber, Mr. Worthing, sollte ich Sie besser noch fragen, ob Miss Cardew vielleicht ein kleines Vermögen ihr eigen nennt?

JACK: Oh, etwa hundertdreißigtausend Pfund in Regierungsanleihen. Das ist alles. Auf Wiedersehen, Lady Bracknell. Es war so angenehm, Sie zu Gast zu haben.

LADY BRACKNELL *setzt sich wieder*: Einen Augenblick, Mr. Worthing! Einhundertunddreißigtausend Pfund? Und in Regierungsanleihen! Miss Cardew scheint mir bei genauerer Betrachtung eine außerordentlich attraktive junge Dame zu sein. Wenige Mädchen haben heutzutage einen verläßlichen Charakter, besitzen Eigenschaften, die dauerhaft sind und sich mit der Zeit noch verbessern. Wir leben, das muß ich leider sagen, in einer sehr oberflächlichen Zeit. *Zu Cecily gewandt:* Kommen Sie einmal her, meine Liebe. *Cecily geht zu ihr.* Ein hübsches Kind! Ihr Kleid ist beklagenswert schlicht, und Ihr Haar scheint mir beinahe so, wie es die Natur geschaffen hat. Aber all das können wir im Nu ändern. Eine erfahrene französische Zofe kann in kürzester Zeit wahre Wunder wirken. Ich erinnere mich, daß ich einmal der jungen Lady Lancing eine empfohlen habe, und nach drei Monaten hat sie ihr eigener Gatte nicht mehr erkannt.

JACK: Und nach sechs Monaten hat sie niemand mehr gekannt.

LADY BRACKNELL *schaut Jack eine Weile bitterböse an, wendet sich dann mit gekünsteltem Lächeln wieder Cecily zu*: Seien Sie so nett und drehen Sie sich einmal um, mein liebes Kind. *Cecily macht eine volle Drehung.* Nein, ich wollte Sie eigentlich von der Seite sehen. *Cecily wendet ihr das Profil zu.* Ja, genau, wie ich es mir gedacht hatte. Ihr Profil hat eindeutig gesellschaftliches Potential. Die beiden Schwächen unserer Zeit sind ihr Mangel an Prinzipien und ihr Mangel an Profil. Das Kinn ein wenig höher, meine Liebe. Stil hängt zu einem so großen Teil davon ab, wie man das Kinn trägt. Im Augenblick trägt man es sehr hoch. Algernon!

ALGERNON: Ja, Tante Augusta!

LADY BRACKNELL: Miss Cardews Profil besitzt eindeutig gesellschaftliches Potential.

ALGERNON: Cecily ist das süßeste, liebste und hübscheste Mädchen auf der ganzen weiten Welt. Mir ist ihr gesellschaftliches Potential völlig gleichgültig.

LADY BRACKNELL: Sprich niemals respektlos von der feinen Gesellschaft, Algernon! Nur Leute, die keinen Zugang zu ihr finden, tun so etwas. *Zu Cecily:* Mein liebes Kind, Sie wissen natürlich, daß Algernon außer Schulden nichts zu bieten hat. Aber ich bin ohnehin gegen Geldheiraten. Als ich Lord Bracknell heiratete, hatte ich auch keinerlei Vermögen. Doch ich hätte keinen Augenblick nur im Traum daran gedacht, das als Hinderungsgrund zu betrachten. Nun ja, ich nehme an, ich muß wohl meine Zustimmung geben.

ALGERNON: Danke, Tante Augusta.

LADY BRACKNELL: Cecily, meine Liebe, du darfst mich küssen.

CECILY *küßt sie*: Danke, Lady Bracknell.

LADY BRACKNELL: Und du darfst mich in Zukunft auch Tante Augusta nennen.

CECILY: Danke, Tante Augusta.

LADY BRACKNELL: Die Hochzeit sollte besser recht bald stattfinden.

ALGERNON: Danke, Tante Augusta.

CECILY: Danke, Tante Augusta.

LADY BRACKNELL: Wenn ich ganz offen reden darf, so bin ich gegen lange Verlobungen. Sie bieten dem Paar zuviel Gelegenheit, vor der Ehe den Charakter des anderen zu ergründen. Und das halte ich in keinem Fall für ratsam.

JACK: Ich bitte um Verzeihung, daß ich Sie unterbreche, Lady Bracknell, aber diese Verlobung kommt überhaupt nicht in Frage. Ich bin Miss Cardews Vormund, und ohne meine Einwilligung kann sie vor ihrer Volljährigkeit nicht heiraten. Ich weigere mich kategorisch, diese Einwilligung zu geben.

LADY BRACKNELL: Und mit welcher Begründung, wenn ich fragen darf? Algernon ist ein augenfällig, um nicht zu sagen ein beinahe schon überaus heiratsfähiger junger Mann. Er besitzt nichts, sieht aber aus, als hätte er alles. Was kann man sich mehr wünschen?

JACK: Es schmerzt mich sehr, mit Ihnen, Lady Bracknell, über Ihren Neffen so offen reden zu müssen, aber ich bin mit seiner Moral überhaupt nicht einverstanden. Ich habe ihn im Verdacht, nicht ganz aufrichtig zu sein.

Algernon und Cecily schauen ihn mit entrüstetem Erstaunen an.

LADY BRACKNELL: Nicht ganz aufrichtig? Mein Neffe Algernon? Das ist unmöglich! Er hat doch in Oxford studiert!

JACK: Ich fürchte, es kann an dieser Sache absolut keinen Zweifel geben. Heute nachmittag hat er sich, während ich in wichtigen Herzensangelegenheiten in London weilte, in meiner Abwesenheit Zutritt zu meinem Haus verschafft, indem er sich unter Vorspiegelung falscher

Tatsachen als mein Bruder ausgab. Unter diesem angenommenen Namen hat er, wie mich mein Butler soeben informiert, eine ganze Dreiviertelliterflasche meines Perrier-Jouet, Brut, 1889, getrunken, eines Champagners, den ich mir speziell für meinen persönlichen Genuß reserviert hatte. In Fortführung seines schändlichen Täuschungsmanövers ist es ihm im Laufe des Nachmittags dann auch noch gelungen, mir mein einziges, liebendes Mündel zu entfremden. Er blieb im folgenden zum Tee und hat ausnahmslos alle Muffins verschlungen. Und was sein Verhalten noch herzloser erscheinen läßt: Er war sich von Anfang an darüber im klaren, daß ich keinen Bruder besitze, in meinem Leben noch nie einen Bruder hatte und gewiß auch nicht die geringste Absicht hege, mir in Zukunft einen zuzulegen. Ich habe ihm dies gestern selbst mit deutlichen Worten erklärt.

LADY BRACKNELL: Hm! Mr. Worthing, nach sorgfältiger Erwägung aller Tatsachen habe ich beschlossen, gnädig über das Verhalten meines Neffen Ihnen gegenüber hinwegzusehen.

JACK: Das ist unendlich großzügig von Ihnen, Lady Bracknell! Meine Entscheidung dagegen steht unumstößlich fest. Ich gebe meine Einwilligung nicht.

LADY BRACKNELL *zu Cecily*: Komm her, mein liebes Kind. *Cecily geht zu ihr.* Wie alt bist du, meine Liebe?

CECILY: Nun, eigentlich bin ich achtzehn, aber bei Abendgesellschaften gebe ich immer zwanzig an.

LADY BRACKNELL: Du hast völlig recht, eine kleine Änderung vorzunehmen. Eine Frau sollte ihr Alter nie ganz genau angeben. Es wirkt so berechnend ... *Nachdenklich:* Achtzehn, aber bei Abendgesellschaften zwanzig. Nun, dann dauert es ja nicht mehr lange, bis du volljährig und den Beschränkungen einer Vormundschaft entwachsen bist. Ich denke also, daß die Zustimmung deines Vormunds letztlich nicht von so großer Bedeutung ist.

JACK: Ich bitte zu entschuldigen, Lady Bracknell, daß ich Sie erneut unterbreche, aber ich halte es für angemessen, Ihnen mitzuteilen, daß Miss Cardew nach den Bestimmungen im Testament ihres Großvaters juristisch erst mit fünfunddreißig Jahren volljährig wird.

LADY BRACKNELL: Das scheint mir kein schwerwiegender Einwand zu sein. Fünfunddreißig ist ein sehr attraktives Alter. In der guten Londoner Gesellschaft wimmelt es nur so von Frauen höchsten Ranges, die aus freien Stücken jahrelang fünfunddreißig geblieben sind. Lady Dumbleton zum Beispiel. Meines Wissens ist sie fünfunddreißig, seit sie das vierzigste Lebensjahr vollendet hat, und das liegt nun auch schon viele Jahre zurück. Ich sehe keinen Grund, warum unsere liebe Cecily nicht in dem erwähnten Alter noch attraktiver sein sollte als heute. Ihr Besitz wird sich bis dahin gehörig vermehrt haben.

CECILY: Algy, könntest du auf mich warten, bis ich fünfunddreißig bin?

ALGERNON: Natürlich könnte ich das, Cecily. Das weißt du doch.

CECILY: Ja, das habe ich instinktiv gespürt, aber ich könnte so lange nicht warten. Ich hasse es, auch nur fünf

Minuten auf jemanden zu warten. Ich werde dann immer sehr gereizt. Ich selbst bin nie pünktlich, das weiß ich, aber bei anderen schätze ich Pünktlichkeit. Warten, und wenn es auf meine Hochzeit ist, kommt für mich überhaupt nicht in Frage.

ALGERNON: Was können wir dann tun, Cecily?

CECILY: Ich weiß es nicht, Mr. Moncrieff.

LADY BRACKNELL: Mein lieber Mr. Worthing, da Miss Cardew uns mit Bestimmtheit versichert, daß sie nicht warten kann, bis sie fünfunddreißig ist – übrigens muß ich schon sagen, daß diese Bemerkung auf einen recht ungestümen Charakter schließen läßt –, möchte ich Sie bitten, Ihre Entscheidung noch einmal zu überdenken.

JACK: Meine liebe Lady Bracknell, die Sache liegt gänzlich in Ihrer Hand. Sobald Sie Ihre Zustimmung zu meiner Heirat mit Gwendolen geben, werde ich mit Vergnügen Ihrem Neffen gestatten, eine Verbindung mit meinem Mündel einzugehen.

LADY BRACKNELL *erhebt sich und richtet sich zu voller Größe auf*: Sie sind sich sicher bewußt, daß dieser Vorschlag völlig inakzeptabel ist.

JACK: Dann können wir alle nur einem leidenschaftlichen Zölibat entgegensehen.

LADY BRACKNELL: Dieses Schicksal möchte ich Gwendolen auf jeden Fall ersparen. Algernon kann selbstverständlich seine eigenen Entscheidungen treffen. *Zieht ihre Uhr hervor.* Komm, meine Liebe. *Gwendolen erhebt sich.* Wir haben schon fünf, wenn nicht gar sechs Züge verpaßt. Wenn wir noch mehr verpassen, könnte man sich auf dem Bahnsteig zu unangebrachten Kommentaren hinreißen lassen.

Dr. Chasuble tritt auf.

CHASUBLE: Es ist alles vorbereitet für die Taufen.

LADY BRACKNELL: Die Taufen, Sir? Ist das nicht ein wenig voreilig?

CHASUBLE *zeigt mit ziemlich verdutztem Gesichtsausdruck auf Algernon und Jack*: Diese beiden Herren haben dem Wunsch nach sofortiger Taufe Ausdruck verliehen.

LADY BRACKNELL: In ihrem Alter? Die Vorstellung ist grotesk und gottlos. Algernon, ich verbiete dir, dich taufen zu lassen. Ich will von derlei Ausschweifungen nichts hören. Lord Bracknell wäre außerordentlich verärgert, wenn er hörte, wie du hier Zeit und Geld verschwendest.

CHASUBLE: Darf ich das so verstehen, daß es heute nachmittag keine Taufen geben wird?

JACK: Ich glaube nicht, daß dies, so wie die Dinge im Augenblick stehen, für uns beide von praktischem Nutzen wäre, Dr. Chasuble.

CHASUBLE: Es schmerzt mich zutiefst, derlei Worte aus Ihrem Munde zu hören, Mr. Worthing. Es klingen darin die ketzerischen Ansichten der Wiedertäufer an, Ansichten, die ich in vier meiner bisher unveröffentlichten Predigten vollständig widerlegt habe. Da Sie sich jedoch im Augenblick in einer ungewöhnlich weltlichen Laune zu befinden scheinen, will ich unverzüglich zur Kirche zurückkehren. Gerade hat mich nämlich der Kirchendiener wissen lassen, daß Miss Prism bereits anderthalb Stunden in der Sakristei auf mich wartet.

LADY BRACKNELL *schrickt auf*: Miss Prism! Habe ich Sie eine Miss Prism erwähnen hören?

CHASUBLE: Ja, Lady Bracknell, ich befinde mich auf dem Weg zu ihr.

LADY BRACKNELL: Bitte erlauben Sie mir, Sie noch einen Augenblick aufzuhalten. Diese Angelegenheit könnte für Lord Bracknell und mich von ungeheurer Wichtigkeit sein. Ist diese Miss Prism ein weibliches Wesen von abstoßendem Äußeren, das im weitesten Sinne mit Erziehung zu tun hat?

CHASUBLE *recht empört*: Sie ist eine außerordentlich kultivierte Dame, ein Muster an Rechtschaffenheit.

LADY BRACKNELL: Es handelt sich eindeutig um ein und dieselbe Person. Darf ich fragen, welche Stellung sie in Ihrem Haushalt einnimmt?

CHASUBLE *streng*: Ich bin Junggeselle, Madam.

JACK *fährt dazwischen*: Miss Prism, Lady Bracknell, ist seit drei Jahren die hochgeschätzte Gouvernante und respektierte Gesellschafterin von Miss Cardew.

LADY BRACKNELL: Trotz allem, was ich hier von ihr höre, muß ich sie unbedingt sofort sprechen. Schicken Sie nach ihr.

CHASUBLE *sieht sich um*: Sie kommt, sie naht.

Miss Prism naht in großer Eile.

MISS PRISM: Man hat mir gesagt, daß Sie in der Sakristei auf mich warten, lieber Herr Pfarrer. Eindreiviertel Stunden war ich dort.

Sie sieht Lady Bracknell, die sie mit steinerner Miene anstarrt. Miss Prism erbleicht und zittert. Sie schaut sich ängstlich und nervös um, als suche sie nach einer Fluchtmöglichkeit.

LADY BRACKNELL *mit strenger, strafender Stimme*: Prism! *Miss Prism beugt beschämt den Kopf.* Kommen Sie sofort hierher, Prism! *Miss Prism nähert sich unterwürfig.* Prism! Wo ist der Säugling? *Allgemeine Bestürzung. Der Pfarrer fährt entsetzt zusammen. Algernon und Jack geben vor, eifrig darum bemüht zu sein, Cecily und Gwendolen vor den grausigen Einzelheiten eines furchtbaren öffentlichen Skandals zu beschützen.* Vor achtundzwanzig Jahren, Prism, haben Sie Lord Bracknells Haus am Upper Grosvenor Square Nummer 104 mit einem Ihrer Obhut anvertrauten Kinderwagen verlassen, der einen Säugling männlichen Geschlechts enthielt. Sie sind niemals zurückgekehrt. Wenige Wochen später wurde nach ausgedehnten Nachforschungen der Londoner Polizei der Kinderwagen um Mitternacht allein und verlassen in einem entlegenen Winkel von Bayswater aufgefunden. Er enthielt das Manuskript eines dreibändigen Romans von überdurchschnittlicher Sentimentalität. *Miss Prism fährt unwillkürlich entrüstet auf.* Der Säugling jedoch fehlte. *Alle schauen Miss Prism an.* Prism! Wo ist der Säugling?

Pause.

MISS PRISM: Lady Bracknell, zu meiner größten Schande muß ich gestehen, daß ich es nicht weiß. Ich wünschte, ich wüßte es. Die schlichten Tatsachen sind: Am Morgen des fraglichen Tages, eines Tages, der mir für immer ins Gedächtnis gebrannt ist, bereitete ich mich wie gewöhnlich darauf vor, das Baby in seinem Kinderwagen auszufahren. Ich führte auch eine recht alte, aber geräumige Reisetasche mit mir, in der ich das Manuskript eines literarischen Werkes unterzubringen gedachte, das ich in meiner knappen Freizeit verfaßt hatte. In einem Augenblick der Geistesabwesenheit, den ich mir niemals verzeihen werde, legte ich das Manuskript in den Kinderwagen und das Baby in die Reisetasche.

JACK *der aufmerksam zugehört hat*: Wohin haben Sie die Reisetasche gebracht?

MISS PRISM: Bitte fragen Sie mich das nicht, Mr. Worthing.

JACK: Miss Prism, die Angelegenheit ist von außerordentlicher Wichtigkeit für mich. Ich bestehe darauf, zu erfahren, wohin Sie die Reisetasche gebracht haben, die diesen Säugling enthielt.

MISS PRISM: Ich habe sie auf einem der größeren Londoner Bahnhöfe an der Gepäckaufbewahrung abgegeben.

JACK: Auf welchem Bahnhof?

MISS PRISM *völlig am Boden zerstört*: Victoria Station. Am Bahnsteig nach Brighton. *Sie sinkt auf einen Stuhl.*

JACK: Ich muß mich einen Augenblick lang in mein Zimmer zurückziehen. Gwendolen, warte hier auf mich.

GWENDOLEN: Wenn du nicht zu lange fortbleibst, warte ich mein Leben lang hier auf dich.

Jack geht in großer Erregung ab.

CHASUBLE: Was meinen Sie, Lady Bracknell, was hat das zu bedeuten?

LADY BRACKNELL: Ich wage es nicht, eine Vermutung anzustellen, Dr. Chasuble. Ich muß Ihnen wohl nicht erklären, daß man von Familien hohen Ranges erwartet, daß sich tunlichst keine seltsame Begebenheiten ereignen. Es gehört einfach nicht zum guten Ton.

Von oben vernimmt man Geräusche, als würfe jemand große Koffer durchs Zimmer. Alle schauen zur Decke.

CECILY: Onkel Jack scheint mir merkwürdig erregt.

CHASUBLE: Ihr Vormund ist eine sehr gefühlsbetonte Person.

LADY BRACKNELL: Dieses Poltern ist höchst unangenehm. Es klingt, als befände er sich in einem Disput. Ich hasse Dispute jedweder Art. Sie sind stets vulgär, und oft überzeugen sie einen obendrein.

CHASUBLE *blickt nach oben*: Jetzt hat es aufgehört.

Das Poltern beginnt wieder, diesmal doppelt so laut.

LADY BRACKNELL: Ich wünschte, er könnte ein Ende finden.

GWENDOLEN: Furchtbar, diese Spannung. Hoffentlich dauert es noch recht lange.

Jack kommt mit einer Reisetasche aus schwarzem Leder zurück.

Jack *eilt zu Miss Prism*: Ist das die Reisetasche, Miss Prism? Sehen Sie sich die Tasche genau an, ehe Sie antworten. Das Lebensglück mehr als eines Menschen hängt von Ihrer Antwort ab.

Miss Prism *ruhig*: Es scheint meine zu sein. Ja, da ist der Kratzer, den sie in jüngeren, glücklicheren Tagen erhielt, als in der Gower Street ein Omnibus umstürzte. Hier ist der Fleck im Futter, den die Explosion eines antialkoholischen Getränkes verursacht hat, eine Begebenheit, die sich in Leamington ereignete. Und hier auf dem Schloß sind meine Initialen. Ich hatte ganz vergessen, daß ich sie dort einmal in einem Anfall von Extravaganz anbringen ließ. Es ist ohne Zweifel meine Reisetasche. Ich freue mich außerordentlich, sie wiederzubekommen. Sie hat mir in all den Jahren doch sehr gefehlt.

Jack *mit Pathos in der Stimme*: Miss Prism, Sie haben mehr zurückgewonnen als nur Ihre Reisetasche. Ich war der Säugling, den Sie hineingelegt hatten.

Miss Prism *verdutzt*: Sie?

Jack *umarmt sie*: Ja – Mutter!

Miss Prism *weicht in entrüstetem Erstaunen zurück*: Mr. Worthing! Ich bin nicht verheiratet!

Jack: Nicht verheiratet! Ich gebe zu, das ist ein schwerer Schlag. Aber wer hat schließlich das Recht, den ersten Stein auf jemanden zu werfen, der so sehr gebüßt hat? Kann wahre Reue nicht einen törichten Fehltritt sühnen? Warum sollte es ein Gesetz für Männer und ein anderes für Frauen geben? Mutter, ich verzeihe dir. *Er versucht sie wiederum zu umarmen.*

MISS PRISM *mit noch größerer Entrüstung*: Mr. Worthing, Sie irren sich. *Sie zeigt auf Lady Bracknell.* Diese Dame kann Ihnen sagen, wer Sie wirklich sind.

Pause.

JACK: Lady Bracknell, es liegt mir fern, neugierig erscheinen zu wollen, aber hätten Sie die Güte, mir mitzuteilen, wer ich bin?

LADY BRACKNELL: Ich fürchte, die Neuigkeit, die ich Ihnen mitzuteilen habe, wird Sie nicht sonderlich erfreuen. Sie sind der Sohn meiner armen Schwester Mrs. Moncrieff und folglich Algernons älterer Bruder.

JACK: Algys älterer Bruder! Dann habe ich doch einen Bruder. Ich wußte es, daß ich einen Bruder habe! Ich habe immer gesagt, daß ich einen Bruder habe! *Er packt Algernon.* Dr. Chasuble, mein unglückseliger Bruder. Miss Prism, mein unglückseliger Bruder. Gwendolen, mein unglückseliger Bruder. Algy, du elender Schurke, ab jetzt mußt du mich mit etwas mehr Respekt behandeln. Du hast dich mir gegenüber niemals wie ein Bruder verhalten.

ALGERNON: Na ja, bis heute nicht, alter Knabe. Aber ich habe mich nach Kräften angestrengt, wenn ich auch ein bißchen aus der Übung war.

Sie schüttelt ihm die Hand.

GWENDOLEN *zu Jack*: Mein Liebster! Aber mein Liebster ... Wer? Was ist dein Vorname, jetzt, da du jemand anderer geworden bist?

JACK: Lieber Himmel – das hatte ich völlig vergessen! Deine Entscheidung in puncto Vornamen ist unwiderruflich, nehme ich an?

GWENDOLEN: Ich ändere mich nie, außer natürlich in meinen Gefühlen.

CECILY: Was du doch für einen edlen Charakter hast, Gwendolen!

JACK: Dann sollten wir die Frage jetzt besser ein für allemal klären. Tante Augusta, einen Augenblick bitte. Zu der Zeit, als Miss Prism mich in der Reisetasche zurückließ, war ich da bereits getauft?

LADY BRACKNELL: Deine liebenden Eltern hatten dir jeden Luxus, den man für Geld haben kann, einschließlich einer Taufe, im Überfluß angedeihen lassen.

JACK: Dann bin ich getauft! Das steht also fest. Und welchen Namen hat man mir gegeben? Ich bin auf das Schlimmste gefaßt.

LADY BRACKNELL: Da du der älteste Sohn bist, wurdest du selbstverständlich auf den Namen deines Vaters getauft.

JACK *gereizt*: Ja, aber was war der Vorname meines Vaters?

LADY BRACKNELL *nachdenklich*: Ich kann mich im Augenblick nicht erinnern, wie der General mit Vornamen hieß. Aber zweifellos hatte er einen Vornamen. Er war, zugegeben, ein wenig exzentrisch. Allerdings erst in späteren Jahren. Das kam vom indischen Klima und von der Ehe und von seinen Verdauungsstörungen und dergleichen.

JACK: Algy! Kannst du dich erinnern, wie unser Vater mit Vornamen hieß?

ALGERNON: Mein lieber Freund, wir haben uns nie unterhalten. Er ist gestorben, ehe ich ein Jahr alt war.

JACK: Sein Name müßte doch in der Heeresrangliste jener Zeit auftauchen, nehme ich an, Tante Augusta?

LADY BRACKNELL: Der General war im Grunde ein Mann des Friedens, außer natürlich im häuslichen Kreis. Aber zweifellos dürfte sein Name in jedem Militärverzeichnis stehen.

JACK: Die Ranglisten der letzten vierzig Jahre stehen hier. Diese wunderbaren Dokumente hätten der Gegenstand meiner unermüdlichen Studien sein sollen. *Eilt zum Bücherschrank und reißt die Bände heraus.* M. Generäle ... Mallam, Maxbohm, Magley – was die für grauenhaft häßliche Namen haben – Markby, Migsby, Mobbs, Moncrieff! Leutnant 1840, Hauptmann, Oberstleutnant, Oberst, General 1869, Vornamen Ernst John. *Er legt das Buch ganz ruhig hin spricht sehr leise.* Ich habe dir doch immer gesagt, Gwendolen, daß ich Ernst heiße, nicht war? Nun heiße ich wirklich so. Ich meine, ich heiße selbstverständlich Ernst.

LADY BRACKNELL: Ja, jetzt erinnere ich mich wieder, daß der General Ernst hieß. Ich wußte, es gab einen ganz bestimmten Grund, warum ich diesen Namen nicht leiden kann.

GWENDOLEN: Ernst, mein Ernst! Ich habe es von Anfang an gefühlt, daß du gar keinen anderen Namen haben konntest!

JACK: Gwendolen, es ist schrecklich für einen Mann, wenn er plötzlich herausfindet, daß er sein Leben lang nichts als die Wahrheit gesagt hat. Kannst du mir verzeihen?

GWENDOLEN: Ja, das kann ich. Denn ich bin sicher, du wirst dich ändern.

JACK: Meine Liebste!

CHASUBLE *zu Miss Prism*: Laetitia! *Er umarmt sie.*

MISS PRISM *begeistert*: Frederick! Endlich!

ALGERNON: Cecily! *Er umarmt sie.* Endlich!

JACK: Gwendolen! *Er umarmt sie.* Endlich!

LADY BRACKNELL: Mein lieber Neffe, du scheinst mir doch ziemlich albern und oberflächlich zu sein.

JACK: Ganz im Gegenteil, Tante Augusta, ich habe heute zum erstenmal im Leben wirklich begriffen, worauf es ankommt: Ernst sein ist alles.

Vorhang

Marc Levy

Solange du da bist

Roman

Aus dem Französischen
von Amelie Thoma

277 Seiten
Band 1836
ISBN 3-7466-1836-3

Was tut man, wenn man in seinem Badezimmerschrank eine junge hübsche Frau findet, die behauptet, der Geist einer Koma-Patientin zu sein? Arthur hält die Geschichte für einen Scherz seines Kompagnons, er ist erst schrecklich genervt, dann erschüttert und schließlich hoffnungslos verliebt. Und als er eines Tages begreift, daß Lauren nur ihn hat, um vielleicht ins Leben zurückzukehren, faßt er einen tollkühnen Entschluß.

Marc Levys wundervolle Lovestory, für die sich Steven Spielberg die Filmrechte sicherte, wurde in 28 Sprachen übersetzt und verkaufte sich allein in Deutschland 100 000 mal.

»Eine körperlos leichte Liebesgeschichte.«

Cosmopolitan

»Zwei Stunden Lektüre sind wie zwei Stunden Kino: Man kommt raus und fühlt sich einfach gut, beschwingt und glücklich und ein bißchen nachdenklich.«

Focus

AtV
Aufbau Taschenbuch Verlag

Alexandre Dumas

Der Graf von Monte Christo

Roman

Aus dem Französischen übersetzt

928 Seiten
Band 1851
ISBN 3-7466-1851-7

Edmond Dantès ist neunzehn, als zwei schurkische Freunde ihm das geliebte Mädchen und die Zukunft rauben. Er ist dreiunddreißig, als ihm durch Mut und Verwegenheit die Flucht aus dem Inselgefängnis des Château d'If gelingt, in dem er durch ihre haltlose Denunziation vierzehn Jahre lang begraben war. Als Graf von Monte Christo kehrt er ins Leben und unerkannt in die Pariser Gesellschaft zurück, nur von dem einen Gedanken beseelt: Rache zu nehmen. Alexandre Dumas' fesselnder Roman ist bis heute der romantischste unter den großen Klassikern der Unterhaltungsliteratur geblieben.

AtV
Aufbau Taschenbuch Verlag

Lisa Appignanesi

Die andere Frau

Roman

Aus dem Englischen
von Wolfgang Thon

444 Seiten
Band 1664
ISBN 3-7466-1664-6

Maria d'Este ist eine klassische Femme fatale. Die Männer umschwärmen sie, sobald sie nur einen Raum betritt – und den anderen Frauen erscheint sie unweigerlich als Rivalin. Als Maria aus New York nach Paris zurückkehrt, beschließt sie, daß die Zeit ihrer Affären vorbei ist. Sie will endlich eine »gute« Frau werden. In Paris beginnt sie für eine Kanzlei zu arbeiten und recherchiert Mordfälle, an denen Frauen beteiligt waren. Morden Frauen anders? Maria trifft auch ihre Schulfreundin Beatrice wieder, die Kinder hat und eine scheinbar brave Hausfrau geworden ist. Und dann begegnet sie dem Mann, bei dem sie all ihre guten Vorsätze vergißt. Zum ersten Mal lernt Maria die wahren Abgründe der Liebe kennen.

Lisa Appignanesi, die mit ihrem Roman »In der Stille des Winters« für Aufsehen sorgte, hat ein besonderes Buch über die Liebe und die Macht der Frauen geschrieben.

AtV

Aufbau Taschenbuch Verlag

Karel van Loon

Passionsfrucht

Roman

Aus dem Niederländischen
von Arne Braun

240 Seiten
Band 1850
ISBN 3-7466-1850-9

Ein Mann sucht den Vater seines Sohnes: Der Vater des 13jährigen Bo erfährt zehn Jahre nach dem Tod seiner Frau, daß er nie Kinder zeugen konnte. Diese Entdeckung stellt sein gesamtes Leben in Frage. Die Suche nach dem »Täter« beginnt. Es wird eine Reise an den Beginn seiner großen Liebe.

»Eine fesselnde Mischung aus Psycho-Thriller und Liebesgeschichte, die viel über Väter, Söhne und Mütter erzählt.«

Frankfurter Rundschau

AtV
Aufbau Taschenbuch Verlag

Neil Blackmore

Soho Blues

Roman

Aus dem Englischen
von Kathrin Razum

286 Seiten
Band 1733
ISBN 3-7466-1733-2

So melancholisch und geheimnisvoll wie ein Solo von John Coltrane, so unverwechselbar wie die Stimme von Billie Holiday: »Soho Blues« ist die bewegende Geschichte einer leidenschaftlichen, lebenslänglichen Liebe zweier Menschen, die sich in einem Netz von Abhängigkeit und Verrat, Hoffnung und Desillusion, Liebe und Haß befinden.

»Eine herzzerreißende Lektüre, die große Gefühle weckt.«

Osnabrücker Zeitung

»Ein raffiniertes Debüt.«

MAX

Philippa Gregory

Die Schwiegertochter

Roman

Aus dem Englischen
von Ulrike Seeberger

400 Seiten
Band 1649
ISBN 3-7466-1649-2

Elizabeth ist die perfekte Schwiegermutter. Nur leider hat ihr Sohn Patrick mit Ruth nicht die perfekte Schwiegertochter geheiratet. Was bleibt Elizabeth da weiter, als sich selbst um Patricks Wohlergehen zu kümmern, vor allem aber um das ihres kleinen Enkels Thomas. Für Ruth wird ihre tatkräftige, mehr als gutgemeinte Fürsorge bald zum Alptraum und schließlich zur offenen Bedrohung. Sie muß alle Kräfte aufbieten, um wieder zu sich selbst und zu ihrem Mann und Sohn zu finden.

»Ein Gänsehaut machendes Psychodrama.«

Journal für die Frau

AtV
Aufbau Taschenbuch Verlag

Lisa Huang

Jade

Roman

Aus dem Amerikanischen
von Wolfgang Neuhaus
unter Mitwirkung
von Michael Kubiak

Mit einer Karte
569 Seiten
Band 1759
ISBN 3-7466-1759-6

Das exotische China zu Beginn des 20. Jahrhunderts: Das Mädchen Jade führt als Tochter eines hohen kaiserlichen Beamten ein behütetes Leben. Der Tod ihres Vaters jedoch markiert das jähe Ende ihrer Kindheit. Während das Kaiserreich durch heftige Unruhen erschüttert wird, verliert ihre Familie beinahe all ihren Besitz. Jade muß heiraten, um sich in den Schutz einer neuen Familie zu begeben, doch stellt sich ihr angeblich wohlhabender Mann als opiumsüchtig und bettelarm heraus. Jade ist wieder auf sich allein gestellt. Inmitten der revolutionären Wirren versucht sie, am Leben zu bleiben – bis sie endlich einen Mann kennenlernt, der sie wahrhaft liebt. Ausgerechnet er aber scheint auf der Seite der Revolutionäre zu stehen.

Spannend und mit schillernder Anmut erzählt – das Schicksal einer starken Frau in einer bewegenden Epoche.

»Besser kann man Geschichte nicht erzählen.«

Nürnberger Nachrichten

AtV

Aufbau Taschenbuch Verlag